一川风物

塞上山川铺锦绣

马聿 著

黄河出版传媒集团
宁夏人民出版社

图书在版编目（CIP）数据

一川风物：塞上山川铺锦绣 / 马骏著. -- 银川：
宁夏人民出版社，2024.12.--ISBN 978-7-227-08104
-3

Ⅰ.Ⅰ227

中国国家版本馆 CIP 数据核字第 2025FV7016 号

一川风物：塞上山川铺锦绣 马骏 著

责任编辑　姚小云
责任校对　闫金萍
封面设计　伊　青
责任印制　侯　俊

黄河出版传媒集团
宁夏人民出版社　出版发行

地　　　址　宁夏银川市北京东路 139 号出版大厦（750001）
网　　　址　http：//www.yrpubm.com
网上书店　http：//www.hh-book.com
电子信箱　nxrmcbs@126.com
邮购电话　0951-5052106
经　　　销　全国新华书店
印刷装订　宁夏凤鸣彩印广告有限公司
印刷委托书号　（宁）0031472

开本　880 mm×1230 mm　　　1/32
印张　8
字数　150 千字
版次　2024 年 12 月第 1 版
印次　2024 年 12 月第 1 次印刷
书号　ISBN 978-7-227-08104-3
定价　48.00 元

自 序

　　我生于鲁地,少年时来到宁夏,在宁夏成长和工作,可以说宁夏是我的第二故乡。这片位于陆上"丝绸之路"的热土,历史上曾是东西部交通贸易的重要通道,黄河在这里蜿蜒穿行,孕育了古老悠久的黄河文明。在这青山绿水、草原大漠间,蕴藏着无尽的诗情画意。塞上山川的岁月更迭,如同一幅流动的画卷,锦绣般在我心中铺陈开来,激发我拿起笔来,咏之诵之。

　　自古以来,山川之景,皆是诗人墨客的灵感之源。这里的山川,既有塞北雄浑壮阔的气势,又不乏江南细腻柔美的情调。贺兰山的巍峨,六盘山的秀丽,都让我为之倾倒。黄河之水,宛如一条巨龙,穿越大地,滋养着这片土地,养育了这里的人民,丰富了这里的田野。其波澜壮阔之势,让人惊叹不已。"黄河富宁夏",是对这片土地最为真实的写照。沿着黄河之滨,是新时期一幅幅直击心灵的图画。贺兰山东麓,葡萄长廊连绵不绝，晶莹剔透的葡萄挂满枝头。这里是国内外知名的中国最佳酿酒葡萄和葡萄酒产区之一，这里的葡萄酒因其独特的自然资源和悠久的酿酒传统及酿造技术，已成为国家地理标志产品，被习近平总书记赞誉为"当惊世界殊"。以王有德为代表的宁夏治沙人，发明的草方格治沙技术是一大世界奇迹。大漠中密布的草方格，像棋盘一样抵挡着风沙的侵袭，它不仅是绿色的希望，更是宁夏人民坚韧不拔的精神象征。在这片土地上，人们始终不渝地植树造林，为大地披上绿色的衣裳。这一份努力，是对生命的尊重，对自然的敬畏。在风沙之中，我们看到的是人类与自然的共生共荣。山清水秀间更是因地制宜，发展了多种特色产业，中宁枸杞和灵武长枣等特色农产品成为这里的璀璨明珠。与此同时，全域旅游在这里蓬勃发展，无论是历史文化遗迹还是现代农庄风情，都成为吸引游客的独特景观。文化赋能是这片土地上最宝贵的财富。在这里，我们看到了诗词文化的传承与创新，这些诗词文化元素不仅丰富了人们的生活，也成为宁夏的一张文化名片。

我以笔为犁，以心为墨，用诗词记录下这片土地上的美好与感动，记录下我对这片土地的热爱和赞美。每一首诗，都是我对这片土地的深情告白；每一阕词，都是我对这片土地的深深眷恋。

本诗词集共分九辑：第一辑青山绿水，第二辑贺兰东麓，第三辑黄河之水，第四辑古渠新韵，第五辑全域旅游，第六辑诗画田园，第七辑治沙育林，第八辑特色产业，第九辑文化赋能。旨在描绘宁夏的美好山川、悠久历史、时代风采、发展前景，以及各族人民的幸福生活，唱响绿色发展的主旋律。

愿我的文字能够像缓缓流淌的溪水一样，能够徜徉在人们的心中。更希望能通过这些文字，让更多的人了解宁夏这片土地的魅力与底蕴，感受这里的山水之美。

2024 年 12 月 12 日

目录

青山绿水

贺兰东麓

黄河之水

古渠新韵

全域旅游

诗画田园

治沙育林

特色产业

文化赋能

14

附　录

青山绿水

登贺兰山苏峪口

贺兰长在目，今日我登临。

峰出云天碧，岚开烟树深。

岩光生古意，松韵涤烦襟。

望里金雕起，抟风过远林。

（2022.06.27）

贺兰山岩画

大漠烟尘静，贺兰余韵深。

岭回三百里，画刻九千寻。

举目撷风趣，凝神阅古今。

谁留刀笔妙，问取史前人。

（2022.06.28）

固原云雾山

野阔嚣尘远，山空碧草深。

退沙花满径，禁牧翠成林。

雾雨坡头润，云心此处寻。

邀来平仄韵，临眺作长吟。

（2022.09.05）

罗　山

天公应有意，沙海堕明珠。

峰叠松杉翠，岚蒸涧壑殊。

先铺芳草甸，再绘碧溪图。

一路青山梦，殷勤在玉壶。

（2022.09.06）

贺兰砚

我有仙峰玉一弯，紫霞萦绕碧云间。
闲来坐对半窗月，墨染晴川万里山。

（2020.09.12）

登高怀乡

柳色烟光照晚晴，月钩斜挂塞云平。
乡关南望知何处，东岳山前斗柄横。

（2021.07.11）

贺兰砚

玉出贺兰生縠纹，凤池烟暖墨花春。
冰魂雪魄应长在，罗细光清不染尘。

（2021.09.12）

北塔湖早春

轻装春日下层楼，晨色湖光似欲流。
蘸水白鸥联翼起，携持新绿上梢头。

（2022.03.24）

登览山

秋水冥冥一望迷，寒林夕照影高低。

家山只忆春时候，诗句多从别后提。

（2022.09.16）

固原白云山

好景时堪近处寻，六盘山左暗藏春。

白云峰翠争生色，幽谷花繁不染尘。

溪敛夜华香雾袅，草凝朝露碧烟深。

就中借取清凉意，且做仙乡自在人。

（2022.09.06）

塞上江南

河穿塞上势纵横，洒落风光举眼惊。
大漠驼铃声淡淡，长天丝路正营营。
湖生浩渺荷初展，树抹青苍鸟共鸣。
我是痴迷手机客，得闲偏逐野鸥行。

（2023.05.12）

塞上山川

九曲黄河龙自盘，一来塞上弄波宽。
富成鱼米三千载，惠济城乡又几番。
草木浮烟随碧水，田园如画胜仙坛。
人勤地壮今圆梦，丝路明珠最可观。

（203.05.14）

星海湖

风吹星海画痕凝，绿树参差叠几层。

闲里云轻观鹤舞，花前水碧戏鱼腾。

鸟声鸣出烟霞外，春色迎来气象升。

北国江南欣得见，煤城今日步新征。

（2024.06.02）

浣溪沙 · 晚春至六盘山

雪岭千寻路六盘，一盘百折锁云烟。晚春犹似早春寒。

山静莺啼幽谷树，风轻客醉杏花天。就中境界咏怀宽。

（2023.05.20）

浣溪沙 · 元日登高

花雨未央夜未阑，宝车争向贺兰山。莲花峰上览奇观。

松杪霜寒迎晓日，云边霞彩袅轻烟。梦从一线火成圆。

（2024.01.30）

浣溪沙 · 哈巴湖天空之镜

塞上金风漾碧波，湖中天镜倩谁磨。霓裳照影两仙娥。

玉作明台光潋滟，云铺素壁影婆娑。幻成此景欲如何。

（2022.10.12）

清平乐 · 典农河春晓

河又春晓，两岸烟霞淼。苇色迷离莺声袅，
正合持竿闲钓。

曲曲一水遥通，携来细雨东风。歌舞游园晨练，
人人笑意融融。

（2020.10.24）

更漏子 · 秋日晚游哈巴湖

霁色明，天光远，金洒一林秋满。湖水静，
暮云平，斜阳邀客行。

漫移步，迷回路，似到胡杨深处。烟树暗，
笛声催。人携飞叶归。

（2022.02.13）

鹧鸪天 · 塞上新景

丝路绿洲气象殊，花容月色一明珠。沙洲化作流芳地，渠水携来积翠都。

花千树，果盈株，江南得及此间无。醉乡日月春长在，塞上山川似锦铺。

（2023.05.12）

定风波 · 鸣翠湖荷花

素玉新开月下池，凌波照影两三枝。翠盖倾翻仙人露，且住，莫惊帘下说相思。

舞倦霓裳香雾冷，沉静，冰魂消得几多时。梦绕瑶台归未去，愁绪，夜凉无寐有谁知。

（2023.07.17）

定风波 · 秋日登贺兰山

红叶如燃映碧空，昊天如洗露光融。遥望峰峦云海涌。风动，似闻角鼓震苍穹。

昔日俊雄何处是，山河犹记旧时容。壮志安随秋色老。极目，心随征雁过群峰。

（2020.10.21）

渔家傲 · 水洞兵沟

雨打风蚀添胜境，神工鬼斧出沙岭。石器琳琅遗址冷，寰宇静，万年逸史争相咏。

峭壁峡沟烽火盛，剑藏幽洞兵藏井。铁甲金戈成幻影，星月映，长城春色妆新景。

（2020.06.15）

河传 · 茹河瀑布

巉岩落瀑，崖峭立，飞流何速。喷雪溅珠，入他寒潭深谷。渍痕红，涵水渌。

雨余彩带烟霞筑。野色天光，须纵登楼目。斜倚曲槛，时有梅杏香来，鸟飞飞，林簇簇。

（2024.07.11）

喝火令 · 秋过六盘山即景

露里金风软，途中树色新。染霜枫叶打车频。烟路尽随溪转，稠叠入氤氲。

晚照明堪醉，秋声细可闻。倩谁呵手抹缤纷。对此山光，对此岭头云，对此翠红交映，念念静无尘。

（2023.10.21）

行香子 · 春到贺兰

古道盘山，又见炊烟。望柴扉，石径相连。
小桥静卧，流水潺潺。正岚光浅，东风暖，鸟声喧。

峰峦叠秀，明霞盘锦。踏岩梯，独上危巅。
携云牵雾，尽览南川。有岭前画，谷底柳，栈边轩。

（2023.03.21）

解佩令 · 秋行贺兰

斜阳影里，草迷徊路，看千山、衔云宿雾。
沟壑空明，有茅舍、枫红初布。柏枝头，鹊儿来住。

秋思一度，闲愁一度，更钟情、岭前花坞。
云扯松风，起青袖、孤姿独步。倚寒烟，倩谁相顾。

（2020.10.31）

风入松 · 金黄柳

经霜疏柳舞斜阳,韵底情长。暮烟渐冷琉璃色,卷西风,遍地金黄。明月光中琴键,相思怀里诗行。

别来相寄是衷肠,两处难忘。那年心事堪重省,到如今,九度回肠。枕上几多清泪,眼前一顷秋光。

（2023.10.20）

水调歌头 · 赞护林员

从不问寒暑,风里几春秋。肩担重任,护林防火事难休。寒里孜孜巡视,月下饥餐废寝,汗水任情流。生涯无心计,治理有奇谋。

一生苦,千林绿,万木稠。石坡踏遍,只待翠岭景长留,遮断无情沙暴,消得压枝冰雪,换得众悠游。不负少年愿,素志在心头。

（2022.11.9）

凤凰台上忆吹箫 · 塞上山川

霞抹春山，雨肥芳草，碧波摇碎澄潭。恰霁林晴照，紫塞凝岚。谁泼丹青万顷，杨柳岸、翠影纤纤。凝眸久，山青水碧，大漠江南。

沉酣。贺兰酿玉，斟一斛流光，引领征帆。叹引黄耕灌，非遗非凡。兼有闽宁携手，洇绿了、戈壁荒岩。登临地，花香袭衣，燕语呢喃。

（2022.12.29）

满庭芳 · 六盘山秋色

霜染枫林，露溥萱草，六盘玉宇秋澄。黍香遥递，层叠坂田横。雨霁青深红暗，风欲作、几点秋声。凝眸处，虹飞波荡，摇曳一山晴。

山青，烘晓日，群峰霞蔚，远树云生。更雁舞长空，犹自和鸣。几缕晚来秋思，随流水，不倦游情。斜阳外，谁人唱晚，笛响两三声。

（2023.10.24）

满江红 · 鸣翠湖

　　垂柳成阴，波光里、草迷烟渚。斜阳下、蒹葭叠翠，鹭鸥齐舞。碧叶云中风正静，流霞影里莲花吐。镜湖暖、白羽点清波，凝香雾。

　　春湖好，疑洛浦。波似染，荷擎露。花香鸟鸣翠，穿梭来顾。细草茵茵随碧水，水明花暗成佳处。对此间、光景涤尘心，归来赋。

（2022.07.26）

东风第一枝 · 彭阳山花节

山笼丹霞，柳摇秀色，尽迷东风归路。莺鸣叶底三声，花放南坡几树。丝丝夜雨，递暗香、入帘穿户。碧影里、一曲霓裳，挑动乱愁如许。

紫烟沉，新草滴露，尘梦醒，芳心初吐。枝头占得春先，好将韶光留住。日迟风暖，记旧约、登临休误。豁远眸、远岫参差，谁在杏花飞处。

（2023.03.29）

渡江云 · 沙湖

晴空云洗碧，烟凝远岫，玉镜落平沙。万顷鳞波皱，水暖鸥浮，翠色点蒹葭。船行波上，犹疑是、误泛仙槎。中有岛、翩跹千羽，掠眼影横斜。

堪嗟。金沙铺韵，碧水涵光，共洞天如画。凝情处，心随征雁，梦逐飞花。新词欲赋湖山好，奏鸣曲、吹向千家。回首望，飞舟正引烟霞。

（2022.7.1）

贺
兰
东
麓

立兰酒庄

乘春风日好，栽种贺兰东。

砾石生藤绿，垂珠酿酒红。

临峰谁览翠，推奖敢争雄。

玉液迎诗客，行销四海通。

（2023.08.14）

夏日至望山红农场

贺兰天日好，山下果园成。

杏落香风满，林深暑气清。

攀枝人玉立，穿叶鸟飞鸣。

心醉无归意，悠然万事轻。

（2024.07.29）

葡萄酒

塞上天高云水乡，葡萄沾露泛霞光。
贺兰佳酿销天下，杯底风标海内扬。

（2024.08.20）

百年老藤

葡萄落地贺兰山，源石酒庄非等闲。
老树紫藤延百世，就中记忆不能删。

（2024.08.21）

镇北堡望山民宿

贺兰山下影城旁，霞色岚烟自满堂。
风韵一园关不住，清溪流出杏花香。

（2020.09.05）

网上丝路

鹊桥仙子弄金梭，散落云丝有几多。
误入凡尘成网络，往来无影渡天河。

（2022.09.10）

游镇北堡西部影城兼怀张贤亮先生

雁横时节又登临，古堡浮云入望深。

风过颓垣尘漠漠，日斜老树影沉沉。

《黄河谣》起圆星梦，《牧马人》归动客心。

漫步城头思无限，欲持美酒向谁斟。

（2023.10.07）

春到塞上

塞上晴郊花满枝，东君相引踏青时。

堆岚弱柳穿玄鸟，积翠遥山蘸玉池。

野旷车轻风猎猎，日斜人去意迟迟。

费吟哦处凭栏久，欲酌芳樽人共持。

（2022.4.10.）

登贺兰山东望

携友偷闲登贺兰，轻装疾步到峰巅。

上逢晴日映苍岭，东有春坡飞紫烟。

碧叶如云铺厚锦，青藤若树立前川。

葡萄圆润似窥得，产业标新敢领先。

（2023.05.22）

西夏陵

金字塔衔秋塞尘，贺兰山下大河滨。

云浮故垒烟光冷，雨湿荒台草气新。

霸业已随霜雁过，雄风犹傍碛沙陈。

史书未可穷神秘，谁有遗篇讲夙因。

（2022.08.29）

葡萄文化长廊

贺兰山下大河西，绿锦重重一望迷。

水浸苍藤涵叶翠，露凝紫玉压枝低。

玄珠初啖情如醉，新酿频斟客似泥。

胜境莫言天地远，凤台自有凤凰栖。

（2020.05.30）

参观贺兰山东麓葡萄产业园有感

贺兰东麓有长廊，碧叶层铺接渺茫。

藤架斜插垂紫玉，琉璃粉碎出红香。

立兰岚翠南风里，源石言"山"精品行。

银色新星悬高地，缤纷天雨是春光。

（2020.05.30）

贺兰山东麓葡萄产业基地

贺兰东麓翠铺野，日照川原泛紫光。

绿外纤云山抹远，静中藤架垄争长。

明如琥珀谁陶醉，汁胜仙桃我漫狂。

金奖频来元气盛，敢教孤标九寰扬。

（2023.08.16）

漫葡小镇

漫葡镇立酒中央，山水缘情岁月长。

鲜果捧来诗赋意，温泉浴出百花香。

夜张天幕开霞彩，客满兰街对绿觞。

玉馔琼糜千万种，须知美味在仙乡。

（2024.5.2）

如梦令 · 金沙湾葡萄酒庄

水润一湾金碎，光动满园玉坠。素手捧琼浆，邀客共尝滋味。沉醉，沉醉，又是骚人嘉会。

（2019.08.30）

如梦令 · 贺兰山下百花园

九转长河似练，曲径香风拂面。霞染满园花，红紫参差迷眼。贪看，贪看，月上东山一半。

（2019.08.30）

南歌子 · 落霞

晚照明芳树，春烟笼翠微。流丹旖旎锦纹垂。
唤醒渚边孤鹜，好齐飞。

火色江天半，岚光月岭堆。菁华散去可堪追，
有待清风拂槛，彩云归。

（2024.05.22）

醉花阴 · 古堡新影

朔漠茫茫春料峭，古堡衔新草。岁月孕苍凉，
边塞雄姿，也趁时光老。

张翁慧眼识瑰宝，影视城建早。粗犷弄风情，
耀世长片，圆梦知多少。

（2020.10.28）

鹧鸪天 · 凤城秋月

桐影参差玉桥横，贺兰嵯峨暮云平。过湖风
定荷香细，绕郭岚收晚照晴。

碧虚净，露华生，凤城秋月更清明。湿衣未
觉经霜冷，遍倚阑干见晓星。

（2021.09.18）

鹧鸪天 · 贺兰山下常青村
红树莓采摘观光园

园纳山光草木肥，参差藤叶翠成堆。雨余林
密碧烟袤，露里枝繁红玉垂。

尝鲜果，试新醅，兴来吟咏未须归。眼前纵
有仙桃宴，但爱常青红树莓。

（2021.08.09）

鹧鸪天 · 春至常青村

塞上江南天下闻，贺兰东麓有山村。背依青
嶂沙尘绝，地傍黄河草色新。

花片片，蝶纷纷，笑声时与快门频。宜将诗
赋酬佳处，可恨文思不解人。

（2021.08.09）

鹧鸪天 · 众诗友访立兰酒庄

九曲黄河绕贺兰，此方云水远连天。老藤斜
插绿如锦，玛瑙低垂玉更圆。

沐朝露，果珠繁。蜜浆滋味一何鲜。有缘畅
饮杯中酒，一众诗家带醉眠。

（2023.08.14）

鹧鸪天 · 志辉源石酒庄

源石生花景象殊，汉风唐韵替荒芜。庄前高织青纱帐，叶底悬垂紫玉珠。

呈豪气，绘蓝图。砾中栽植此心初。杯中琼液标名远，得失思来半已无。

（2023.09.27）

鹧鸪天 · 望山红农场采风

夏日晴阳似火烘，郊园幽处我来逢。烟林叠翠翠如帐，红杏欹枝枝似弓。

甘鲜果，玉玲珑，蜜浆入口味何浓。繁阴借得清凉意，梦到仙宫第九重。

（2024.07.29）

踏莎行 · 空中新丝路

秋送丹枫，菊盈画壁，重生金凤腾空起。一排鸿雁问苍穹，须臾展翅八千里。

情定云天，心常旖旎，五湖四海凭来去。朝辞西夏晚留京，斜阳银影接新霁。

（2023.09.10）

渔家傲 · 中阿博览会

（新韵）

塞上秋来风景异，飘香瓜果八百里。博览论坛联袂起，闻鹊喜，鲜花宝马迎宾去。

会展珍奇齐汇聚，高端报告歇无计。贸易成交互惠利，凝笑语，中阿丝路长期许。

（2015.09.09）

定风波 · 春登贺兰山东望

望里烟霞入翠微，长空归雁逐云飞。日暖霞
飞衣不冷，谁省，松榆深处有庭扉。

半枕梦华辛未了，不道，凝眸唯见绿荫垂。
数尽遥钟天欲暮，回顾，如眉新月弄清辉。

（2022.09.20）

蝶恋花 · 访玉泉营酒庄

"西夏王"名声载路。沐雨经风，登顶花无数。
藤底葡萄留客住，玉泉似是桃源处。

万顷琉璃香浥露。酒酿霞珠，杯底流光度。
红白尽尝天已暮，返程路上时回顾。

（2023.9.22）

河传 · 贺兰山下葡萄小院

烟轻露软，溪水外，黄花篱畔。藤蔓半垂，紫珠晶莹成串。恁秋光，装点遍。

酿成玉液清香远，见有人来，新酴频斟满。贪恋醉赏，争奈风日晴和，景光长，闲梦短。

（2024.07.10）

风入松 · 贺兰山东麓葡萄长廊

贺兰有翼敝风寒，东暖晴川。黄河九转葡萄密，翠波起，潋滟无边。万树繁花照水，千层晓叶生烟。

夜凉霜月照秋田，玉润珠圆。焚身滴血凝琼液，酒香浓，誉满尘寰。天赐一方沃土，风调百世华年。

（2022.11.20）

凤凰台上忆吹箫 · 贺兰春雪

风掠三关，雾凝原野，玉鸾曼舞雄州。看水天同色，万树银裘。幽谷凇晶跌宕，乌鹊起，蕊乱枝头。云屏散，霞光万里，五彩争流。

悠悠，九边重地，纵历代更年，苦战难休。待偃旗屯牧，且自绸缪。今日青山葱岭，烽火尽，如画堪收。凝眸处，群峰影中，古树梢头。

（2020.12.29）

满庭芳 · 贺东庄园酒庄

枫点秋园，露香幽径，贺兰东麓初凉。菊开篱下，点点试新妆。千顷含烟帷幕，绿云底，紫玉偷藏。相逢处，琉璃魅影，杯底度春光。

思量，谁比拟，夕餐甘露，朝沐晴阳。赖纤纤素手，酿就琼浆。占得高标胜地，多少事，尽入壶觞。登高望，奇峰蘸碧，天远水流长。

（2020.10.12）

黄河之水

黄河金岸

长河横远塞，浊浪接重苍。

落日熔金岸，平沙卧玉潢。

波推云影动，风送稻花香。

借得昆仑雪，氤氲惠一方。

（2018.04.10）

黄河湿地公园

陌上熏风暖，红稀翠色迷。

烟沙连野阔，苇鹭绕湖低。

望远新晴里，吟诗古柳西。

更当寻胜地，登览与云齐。

（2022.05.20）

龙池秋荷

暮云衔落日，秋雾起龙池。

追梦清香远，凝情细蕊痴。

孤茎邀淡月，乱影碎仙姿。

雅韵浓丹笔，荷风入宋词。

（2023.08.19）

银西河

长河如练碧波平，润草繁花似有情。

护得晴川图画里，年年风月共清明。

（2020.09.05）

河东草莓园

仙园晴野吐花光，叶底垂红寄梦长。

翠幕重重遮不住，烟溪流出草莓香。

（2024.08.11）

青铜峡

古峡诱人来纵眸，风光满目醉中收。

飞舟荡起千堆雪，素浪澄涵万里秋。

塔叠九重悬浩水，闸横两岸绿青畴。

禹王援耜踏云立，守望黄河塞上流。

（2023.06.14）

如梦令·中华黄河坛

门掩青铜天柱，碑记长河仙谱。坛上祭春秋，说道洪恩雨露。凝仁，凝仁，人在水风生处。

（2019.08.29）

如梦令·黄河岸边新村

曲水虚檐幽户，青竹雕栏花树。人逐碧溪回，漫倚阑干重顾。且住，且住，莫负一湾佳处。

（2019.08.30）

如梦令 · 黄河大峡谷

映水两山遥峙，卷雪层波作势。金浪渡飞舟，赚得乐游如此。留滞，留滞，霞色朱颜相似。

（2019.08.30）

卜算子 · 题黄河金岸桃花

冰破暖风微，半枕春醒妥。云鬓梅妆胭脂晕，深浅皆由我。

无意动吟声，纵被相思裹。散尽千林万顷霞，又入瑶台座。

（2024.03.01）

050

摊破浣溪沙 · 今日凤城

都道江南好畅游，诗心只在凤城留。四季分明不同色，意难休。

烟雨绽枝娇蕊乱，飞霜染叶彩光流。更有岁寒冰雪积，尽琼楼。

（2023.03.01）

鹧鸪天 · 黄河金岸桃花林

雪魄仙源本出尘，梦中犹恋武陵津。羽衣初染烟霞色，玉颊犹沾月露痕。

迟日暖，晓妆匀，一花管领万花春。凡间识得卿卿面，不慕姑山有太真。

（2024.04.09）

鹧鸪天 · 南长滩村

三月黄河春水清，弯来村落抱中明。滩头满树梨花雪，叶底穿枝布谷声。

金沙暖，玉烟晴，汀鸥流水自纵横。山青云白红尘远，谁把山乡作画屏。

（2024.04.14）

临江仙 · 黄河金岸

谁舞黄龙分绿野，腾波九曲堪惊。飞桥回首塞云平。一朝新雨霁，千里绮霞明。

两岸春光因风暖，杏花林里啼莺。秧畦水沃澹烟轻。华光摇荡处，三两短舟横。

（2020.11.02）

一剪梅 · 黄河岸边

塞上黄河九曲流，绿满沙洲，鹭满沙洲。腾波千古未能休，不是言愁，胜似言愁。

我欲乘槎汗漫游，心在潮头，思在眉头。接天浩荡迥无俦，拟待裁诗，谁共登楼。

（2023.07.02）

满庭芳 · 瞻黄河大禹雕像

远岫凝烟，青云衔日，禹王气吐长虹。黄河在眼，足下卧蛟龙。端在紫云深处，望中是、仙袂遗踪。依稀见，手援神耜，初定九州同。

征鸿，从别后，孤窗月冷，凤去台空。想望夫山前，点点啼红。换得一川淑景，水流处，花影青葱。凝眸久，此时情绪，都在浪声中。

（2019.08.02）

满庭芳 · 沙湖

塞上平川，贺兰东麓，镜鸾跌落谁家。碧波千顷，水暖漾金沙。极目湖光苇影，摇曳处、风打荷花。轻烟里，沙雕林立，静卧数年华。

舟扬，犹惹得，鹰翔鱼跃，鹤舞鸥哗。看车飞远尘，伞荡晴霞。莫恋汀洲沙软，纵归去，有梦涂鸦。斜阳外，驼铃声断，画卷满天涯。

（2020.07.02）

金缕曲 · 秋日游黄河金沙湾

百里金沙暖。卧龙盘，口衔珠翠，鳞波翻转。谁造乾坤玲珑境，秋水长天香满。沉醉处，花枝人面。欲把韶光长挽住，相机忙，声断情难断。风渐起，轻绡软。

诗怀玉色难裁剪。忆旧游，望涛楼上，眠鸥河畔。抛却离愁和清梦，春去秋来不管。但留取，童心一片。好趁年华神气在，借金风、再送心舟远。莫负了，看花眼。

（2020.08.30）

黄　河

昆仑一柱摩九霄，天河倾泻金浪高。

银鳞半空椎天鼓，撑云卧波驱龙鳌。

巨斧劈山山尽裂，怒声惊雷雷送涛。

吹沙越塞逐地脉，浩势西来一望遥。

龙门奔出万马急，水边光色拂云霓。

片片仙云东渡水，一路苍茫幻景奇。

日暖霞飞风飒飒，村中紫燕迷红瓦。

枝头花好烂漫开，天下黄河富宁夏。

（2022.06.12）

黄河入宁夏

巨龙腾出黑山峡，九曲百转卷黄沙。

青铜峡开是大禹，峡开河畅神功聚。

天河浇灌润平原，林青稻香云栩栩。

下凡仙女凌清濑，白马拉缰拖锦带。

人缘锦带筑长堤，水绕长堤袅瑞霭。

寸寸河堤铺锦绣，屋前春桃屋后柳。

不尽涛声尽入诗，金波细浪摇星斗。

筏工冲浪信天游，九曲黄河一棹收。

风光极目三千里，岁月凭栏几春秋。

（2022.06.14）

黄河金岸

岸边沙渚眠沙鸥，长河如练水长流。

九曲黄河万里来，流经塞上几徘徊。

浪花分得三千朵，化作江南一扇开。

纵润古塞千重山，横浸两岸万家田。

良田迷眼鹤迷津，一川如画映长茵。

绿分万里黄河浪，花放千株紫塞春。

大河两岸翠带长，桃花逐水趁暖阳。

波上光飞珠错落，塞上高悬琴一张。

山作琴身河作弦，紫云来去谁复弹。

红树绕村石铺路，绿茵如毯锦为川。

（2022.06.14）

黄河过南长滩

浊浪翻飞恣意扬，长滩一泻梨花香。

鱼跃苇丛水光起，花香水光映日长。

风送花香香暗渡，日出沙暖暖先布。

农家耕耘趁时光，垄上青禾带清露。

望里浮鸥戏沙汀，一湾金沙抱玉树。

九转长河舞似练，曲径香风拂人面。

霞染满园映晴花，红粉参差迷客眼。

欢乐长流水潺潺，人间岁月不等闲。

长河一泻八千里，奏响生态大和弦。

（2022.06.15）

黄河在宁夏

滚滚黄河塬上舞，奔腾塞北震云天。

雄魂承载中华梦，万里胸襟谱新篇。

谁裁黄河岁月长，两岸文明历沧桑。

奔腾浩瀚中原梦，华夏精神扬彩光。

山涵景致水深情，阡陌同晖入画惊。

地酿黄河成浓酒，闻香点亮四周星。

天降祥龙围四野，山横沙外白云边。

浪花千里情千里，琴谱笙歌伴梦弹。

穿云破雾铺锦绣，咆哮东归化海澜。

（2022.06.16）

古渠新韵

塞上古渠新韵

灵渠横古郡，浊浪接遥天。

阔润沙原绿，凉沉塞月圆。

守成劳后辈，受惠忆先贤。

安得分龙脉，交流及四边。

（2019.06.16）

宁夏水利赞歌

大河浮落日，苍岭蘸流霞。

浪剪春风碧，波飞细雨花。

葡萄垂满地，枸杞挂谁家。

渠道纵横入，农人乐岁华。

（2019.06.30）

青铜峡口

银汉倾翻天水来，黄龙卧处一源开。
奔流出峡涛声响，浪卷飞花势壮哉。

（2019.07.22）

水利工程

塞上平原丽日长，灌渠交汇耀波光。
秋来自是丰收地，四野风摇粳稻香。

（2022.09.30）

登高观古渠

九重楼上倚云看，浊浪翻渠接碧天。

水润沙原千载绿，柳摇风日半堤烟。

春来引灌银川阔，岁久分流塞月圆。

自古治河承一脉，今人更合到峰巅。

（2019.07.30）

固海扬黄工程

谁使长龙齐仰攀，黄河倒吸上高山。

甘霖泽润川原绿，光景从容岁月闲。

笔绘蓝图岚掩映，渠歌幸福水潺湲。

荒滩化作千金地，十万人家共笑颜。

（2022.10.15）

咏塞上古渠

入塞黄河转几弯，弯来宁夏米粮川。

通渠灌水能高下，机械插秧不等闲。

花好莺啼千树碧，月圆人醉万楼宽。

农家故事说难了，春色融融在此年。

（2023.04.30）

青铜峡览胜

青铜峡口断岩雄，浪卷飞花造势隆。

水润桑田呈翠色，稻丰阡陌送香风。

葡萄圆似珍珠颗，枸杞明如玛瑙红。

留得古渠神力在，川原逢霁晓光融。

（2023.08.26）

题塞上古渠

古渠交错闸桥连，秦韵唐风岁月传。
塞上晴光收眼底，江南秀色入诗田。
谁教河岸千秋画，共谱桑畴百世篇。
借取一泓银汉水，润来万里米粮川。

（2023.08.27）

灌区览胜

渠水逶迤润稻田，望中四野翠凝烟。
秀禾万亩风前舞，红蕊千枝露里鲜。
槛外高歌心自在，堤边漫步意悠然。
此般佳景堪长醉，胜却人间觅洞天。

（2023.09.10）

唐徕渠春韵

一渠水色落谁家，两岸花繁似绮霞。

细柳垂丝摇翠霭，新莺啼巧胜胡笳。

风吹雪絮虹桥满，日照晴空雁影斜。

波暖金沙明浩荡，草香飘处尽堪夸。

（2024.05.11）

鹧鸪天 · 古渠感赋

古渠蜿蜒绕晴川，源流可溯禹王贤。当年伟绩传千古，后世金波润一原。

风细细，水涓涓，桑畴苍翠柳含烟。膏腴万顷葡萄紫，画卷开时秋满天。

（2024.06.19）

鹧鸪天 · 七星渠闸口

闸口凭高渠上横，水流到此尽欢腾。层波潋滟晴方好，两岸葱茏翠欲盈。

思旧事，水无情，但依水利惠民生。春风过处田园润，绿稻青青云气凝。

（2024.06.21）

水调歌头 · 古灌区感赋

金波涌长峡，堤坝立千秋。黄河奔泻，滋养晴野绿禾稠。渠路纵横阡陌，春柳逶迤堤岸，盛景远来收。贺兰山光净，浩水总悠悠。

昔有智，需泽布，百世谋。稻香鱼乐，河汉之水惠田畴。浊浪奔腾犹壮，雨露涵濡长在，兴至共登楼。今日歌佳景，天地共凝眸。

（2024.06.25）

满庭芳 · 参观宁夏水利博物馆

　　峰揽金波，堰堆飞雪，峡东新馆岿然。汉风唐韵，雕壁记渊源。远瞰黄河渺渺，奔腾去、遥接云天。华堂里，降龙治水，故事著流年。

　　绵延，寻禹迹，倾来琼液，润得桑田。渐芳树成林，草暗晴川。我自缘阶观览，漫回首、感叹风烟。频相问，倩谁神力，扬水绿千山。

（2019.08.06）

八声甘州 · 塞上古峡水利枢纽

看黄河九曲自天来，到此一帘收。叹闸翻金浪，渠横绿野，半晌凝眸。烟柳丝丝拂岸，翠鸟任啁啾。波照贺兰影，同载飞舟。

遥想降龙千载，仗神工疏凿，不计春秋。倩痴心相续，赢得绿盈畴。有清风、荷香暗度。塞云平、水暖引沙鸥。清光畔，欲穷远目，且共登楼。

（2019.08.10）

秦汉渠

长河跌宕势如狂，千秋故事动人肠。

秦皇伟略兴水利，汉帝雄才引琼浆。

百里通渠润原野，驼铃响处无沧桑。

青铜峡口听风雷，交响千年亦壮哉。

秦坝唐渠开盛世，借得源头筑凤台。

金洒塞上秋光满，绿染江南画卷开。

（2024.08.14）

古渠流韵

百里明渠日日流，滋心润物两千秋。

年年不负春风约，共使荒原变绿洲。

望处水分鱼嘴堰，霞底碧染金沙丘。

移来万里江南景，扫去千秋塞上尘。

青田无际高飞羽，碧水多情浅戏鳞。

分流天堑渠成网，润物生津绿满春。

（2024.08.16）

全域旅游

塞上早春

凭窗望庭树，惊见碧桃开。

寂寞三冬尽，春情逐影来。

（2021.01.01）

桃 花

为有桃花约，来探岭上春。

林扉关又启，可是梦中人。

（2022.03.20）

立冬日

一天风雪霁，趁晓日初晴。

霾雾终应散，同心见太平。

（2021.11.7）

节日玫瑰

（中华新韵）

缱绻肠千转，相思泪泣红。

捧前羞怯怯，嗅罢笑盈盈。

爱意藏娇蕊，柔情付碧藤。

一朝执子手，风雨共三生。

（2022.02.14）

北塔湖云海

仙祖临仙塔，莲前香雾浓。

平湖闻藏语，古寺落晨钟。

柳黛牵云海，桃红印鹤踪。

晴川奇瑞现，旭日上兰峰。

（2008.03.18）

贺兰山太阳神岩画

青山岩有画，史册壁间陈。

争战风烟暝，生存形影真。

羊群非绝物，人面是尊神。

远古寻常事，铺张一涧春。

（2022.06.28）

喜 鹊

兴起辞银汉，衔梅立玉柯。

羽衣匀黑白，风影自婆娑。

昔日填河久，今来报喜多。

更当思展翅，千里放长歌。

（2023.03.21）

秋日金柳

自古随春舞碧腰，因逢冬暖绾金绡。

一从借得玲珑意，便胜晴花带露娇。

（2023.11.21）

题山谷玉兰

几生阆苑梦徘徊，独住幽溪寂寞开。
心事都随流水去，羽衣片片任风裁。

（2022.04.02）

四月柳絮

花肥夜雨晓光舒，山映镜湖烟景初。
庭柳不知离别意，犹教飞絮绕阶除。

（2021.04.22）

池 荷

池上荷花出水新，翠裙裁就粉妆匀。

香风细细扑襟袖，欲辨清宵梦里人。

（2022.07.16）

观 荷

雨后新荷曲槛前，波光似锦叶田田。

望中尽是飞桡过，未有歌声唱采莲。

（2022.07.18）

新 茶

陆羽灵芽照眼新，山泉水煮一瓯春。
茗香淘得诗心静，坐任风高不起尘。

（2024.07.06）

春 日

我予东风半缕魂，东风予我满园春。
庭前粉蕊衔诗梦，露里清香点绛唇。
临水樱桃红影静，穿花蛱蝶羽衣新。
能寻一季真颜色，但做阳春守护人。

（2021.04.10）

塞上春游

陌上花开几万枝，恣情户外正当时。

宝车自驾追风劲，银燕航飞弄影迟。

翠岭千寻春写意，黄河九曲我吟思。

纵横穿越兴难了，水色山光尽入诗。

（2022.04.01）

小园丁香

蛱蝶殷勤四月忙，无霾天净好韶光。

东风笑展层层绿，细雨愁凝缕缕香。

闲静不争居草野，孤清岂吝过篱墙。

小园雅韵寻常见，素客何曾换艳妆。

（2019.04.29）

绿博园郁金香

杨柳拂风迟日长，西来娇客弄春光。

花分七色流虹影，梦化千诗入锦囊。

玉雪无寒凝素韵，胭脂有泪点红妆。

含苞欲诉相思意，暗送心头那段香。

（2019.05.10）

暮春即景

啼鸠声中柳舞绵，纤枝弄影碧溪前。

谁教昨夜飘红雨，化作今晨滴翠烟。

一叠香痕归赋里，十分春意到愁边。

荼蘼开后樱桃熟，又是熏风四月天。

（2020.05.02）

石 榴

绿锦参差托火云，玉娥回舞起氤氲。

借他杜宇声中血，染我鲛绡帐里裙。

萼散胭脂妆粉泪，香凝琥珀酒波纹。

不禁秋露娇颜破，唯有红心好寄君。

（2020.05.25）

新 春

碧空谁染紫云光，一夜东风到玉堂。

岁宴新开尊酒绿，仙歌遥递蜡梅香。

心同冰雪千寻意，梦逐苍龙万里疆。

早有初阳催晓树，春来成就满庭芳。

（2022.01.17）

壬寅元宵节

雪色灯红映满天，已回春信到窗前。

节逢冬奥弦歌起，冰作瑶台舞影圆。

圣火燃情人共聚，鸟巢追梦夜无眠。

银屏时有欢声动，跌宕心魂网络牵。

（2022.02.08）

元宵节

梅香欲落雪融时，四海宾朋共酒卮。

彩焰凌空迷夜色，华灯照水亮春池。

云开漫洒冰轮月，烟散轻缠玉树枝。

借得今宵千点火，好烹欢乐酿新词。

（2022.02.09）

踏青有寄

陌柳如烟绿浅深，岭头春色入眉心。

花明幽谷繁嘉树，鸟啭空山报好音。

借得峰云书草字，汲来瀑水濯烦襟。

风前莫负当时约，岁晚轻援绿绮琴。

（2022.05.04）

冬　雪

瑶池一梦剪云多，便欲翩飞作素娥。

吴苑落梅声宛转，蜀山敧竹影婆娑。

魂归江海兴无尽，身瘦田畴意若何。

白羽入怀浑不见，迎眸玉色动吟哦。

（2024.02.27）

彭阳红梅杏采摘

处处青林缀艳红，长枝摇荡起香风。

登盘杏果名何限，入口梅浆味不穷。

带货好凭宣播远，福音赖有茹河通。

偷来半日安闲乐，只愿倾身到画中。

（2024.07.14）

捣练子 · 沙湖苇舟

沙抱水，水环沙，大漠湖光灿晚霞。一叶轻
舟分苇影，几行白鹭入云涯。

（2022.10.24）

忆江南 · 七星桥上春

冰凌碎，春起绿波间。草树含新鱼影动，鹭鸥戏水柳风喧。莫负艳阳天。

（2023.03.10）

浣溪沙 · 高山滑雪

雪岭霞光照眼明，海坨仙苑晓风清。琼山腾起百千鹰。

身作塞鸿随梦远，翼抟云汉向天横。影如掣电只堪惊。

（2022.02.03）

浣溪沙 · 塞上早春

残雪消融流水喧，梳烟杨柳弄轻寒。一枝红杏小楼前。

夜雨洗尘苔色碧，东风送暖鸟声圆。春来心思逐花繁。

（2021.03.08）

浣溪沙 · 桃花

质抱冰霜本出尘，奈何人世有迷津。粉妆时见泪痕新。

竹外江滨持信念，风梳雨洗葆天真。一花管领万花春。

（2024.04.05）

浣溪沙 · 烟柳

翠影拂堤灞水前，万条摇曳袅轻烟。琼枝露浸吐香绵。

恨别每惭丝不断，惜春无计梦难删。谁人眸底泪潺湲。

（2021.06.20）

浣溪沙 · 塞上秋

霜染秋原抹碎红，落霞碧水映晴空。金风犹送稻香浓。

藤底垂枝珠玉静，菊前明厣酒光融。满林鲜果透玲珑。

（2024.09.18）

菩萨蛮 · 除夕

东风拂暖青阶树，花开芳岁凝香雾。笑语满人家，共倾细细霞。

屏中歌正好，时有玉音到。春气又融融，烟花叠几重。

（2022.01.17）

菩萨蛮 · 春雪

玉妃不忍春寥落，飞身来赴东风约。袖拂水云清，袂飘天宇明。

姑山圆旧梦，青岭银光动。谁与上重楼，共倾酒一瓯。

（2023.02.16）

摊破浣溪沙 · 春满塞川

岭上花开几万枝，恣情户外正当时。心与春光共烂漫，自难持。

暗动馨香风两袖，归飞鸥鹭羽一池。独上险峰寻画意，好成诗。

（2023.04.15）

摊破浣溪沙·宁夏川

九曲黄河接远疆，一川烟色树苍苍。沙枣花开香两岸，映波光。

驼影漫敲星海碎，稻云轻卷碧波长。美酒千杯邀月色，酿华章。

（2022.04.16）

更漏子 · 壬寅元夜前日

曲径斜，小园静，月魄秾花交映。兰堂暖，暗香浮，屏间清韵流。

寻秀句，出新语，解得春情如许。吟怀歇，远思凝。夜深灯火明。

（2022.02.24）

南歌子 · 沙坡鸣钟

朔漠添风韵，黄河舞太极。驼铃声断杜鹃啼。惬意皮筏漂荡水流急。

雾送馨香远，风摇碧草迷。人随滑板共飞移，领略钟鸣沙下古来奇。

（2020.10.24）

西江月 · 哈巴湖秋色

花马池边秋水，胡杨林里秋风。嚣尘隔断几多重，来就一襟秋梦。

烟树千枝金染，秋思几叠还逢。吟情新句乍相融，眼底流光浮动。

（2021.10.28）

南乡子 · 沙尘暴后见雨

几日雾霾浑，吸进黄沙坐老尘。飞雨乍来千树洗，氤氲，烟蕊难为另样新。

谁肯问东君，待放花时放土神。满眼不堪零落意，惊人，似见纤枝有泪痕。

（2021.03.20）

鹧鸪天 · 清明遇大雪即景

　　节到清明天亦垂，远山隐隐动愁眉。鸥衔断羽汀头立，雪卷梨花岭上飞。

　　风骤冷，减芳菲，欲将春恨说同谁。回看烟霭溟蒙处，一线斜阳弄晚晖。

（2020.04.05）

鹧鸪天 · 瑞雪迎春

　　天地同色照眼明，当空曼舞是飞琼。梦花散落星千点，春信铺开羽一城。

　　玲珑结，最关情，曲阑心事总堪凭。登高遥见云开处，潋滟霞光拂晓晴。

（2022.01.17）

鹧鸪天 · 红梅

庾岭寒轻浅雪匀，东南先放一枝春。新妆初点烟霞色，玉骨还留霜雪痕。

清影瘦，暗香频，芳华总与岁华新。谁将醉面惊人眼，寒里风标自绝尘。

（2024.01.30）

鹧鸪天 · 中秋月

碧水澄空晚更新，高楼缺处涌冰轮。光摇樽酒千家月，吟破天台半片云。

圆缺事，几销魂，繁花落尽已无尘。桂香吹动银河梦，欲借飞船一问津。

（2024.09.16）

一剪梅·春柳

摇曳东风金缕长，寒树枝头，占得春光。细腰犹爱弄斜阳，欲倩柔荑，抚绿横塘。

时引流莺穿叶忙，啼乱空山，啼醒红芳。桥头月冷忆潇湘，能系君心，瘦又何妨。

（2019.03.25）

定风波·绿荫

烟树参差不胜春，日斜翠幄影纷纷。啼鸟数声来复去，传语，拟将青碧待何人。

秀色渐浓身渐老，难了，每思前事总销魂。高叶疏蝉催节序，休虑，新阴再染一春云。

（2020.05.19）

临江仙 · 咏荷

柳外烟横池镜晚，谁擎翠盖亭亭。玉裳摇曳粉妆轻。夜香风里远，花月碧中明。

衣边频送疏凉意，倚栏心事堪凭。露华更洗梦魂清。但余冰骨在，踪迹任飘零。

（2024.06.10）

行香子 · 春游

碧嶂云屏，芳树烟汀。探春光，人在溪亭。逐风香袅，穿叶莺鸣。望青阶上，飞红落，绮霞明。

一春烂漫，难胜飘零。恁匆匆，逝水无凭。远来清响，半是吟声。更江天阔，霏雾隐，片帆轻。

（2024.04.29）

青玉案 · 彭阳杏花岭

雨余春岭浮轻雾，趁风好，闲微步。坡上谁妆花满树。白衣胜雪，粉腮凝露，尽占春先处。

琼枝叠叠侵幽户，鸣鸟飞飞逐人舞。吩咐东君春且住。留题新句，待传清赋，还伴馨香度。

（2024.08.14）

风入松 · 初雪
（新韵）

阵云漫卷谢秋情，琼蕊掩红英。画楼紫陌飘摇满，绿杉坠、老柳娉婷。料峭一湖碧水，迷离两岸西风。

雁逐细浪几声鸣，倒影向归程。霞沾菊韵沉香醉，正堆砌、阶上廊庭。掬起童心四片，放飞幽梦三重。

（2021.11.14）

满庭芳 · 六盘烟霞

连亘峰峦，翠浓红淡，重重古道绵延。松鸣横影，飞瀑浣青莲。绕径紫云缠步，晨曦耀，隐彩流丹。逢初霁，珠凝霞蔚，风物此中看。

盘桓。轻雾锁，烟光草色，酷暑犹寒。纵素衣粗茶，不羡神仙。今日苍龙缚就，登高处，笑点山川。凭栏久，金雕望断，心远可思还。

（2020.11.10）

满庭芳 · 游镇北堡西部影城
兼怀张贤亮先生

远岫流云，碧天斜雁，影城雨霁秋晴。颓垣残照，风起响驼铃。月亮门前院落，酒旗卷，香雾倾城。疏林畔，花签玉篆，几处画廊横。

银屏。经此地，星光花雨，极目堪惊。看剑鸣苍崖，龙跃青冥。更忆古城旧主，施妙手，引凤来鸣。人何在，轻烟蔓草，新月又盈盈。

（2019.08.30）

塞上元宵节

中天星斗送斜阳，长街十里华灯张。

雪霁初见梅枝暖，风回犹带软尘香。

碧霄初见玉盘来，银河已散万年光。

一城谁种花千树，照得伊人形影长。

微步凌波晚风里，勾引春声动乐章。

万点芙蓉垂清露，溟蒙疑是水云乡。

忽闻楼台管弦起，一曲余音绕画梁。

无奈风光如转毂，可怜香霭又成霜。

我共东君一樽酒，醉看明月横参商。

（2022.02.15）

诗画田园

戈壁硒砂瓜

金风塞上吹，秋野抹山眉。

沙砾参差处，千坡碧玉垂。

（2022.08.04）

秋田好雨

稻谷接新雨，娉婷舞露风。

鱼沉波底笑，雁起树头雄。

柳岸烟犹翠，枫桥叶正红。

秋云挥酷暑，仓庾待年丰。

（2020.10.21）

村头沙枣花

塞阔逢初霁，云轻碧水长。

金沙增物色，奇树递馨香。

凝白丝丝浅，盈枝碎碎黄。

采折非我意，但得赋新章。

（2022.05.20）

科技苹果园丰收即景

玉树亭亭立，猩红万点垂。

光鲜频照眼，果硕更开眉。

秀色谁堪比，香风但可追。

往来兴未尽，晚日入青帷。

（2022.10.10）

塞上秋日即景

暖日明金野，清风拂水长。

染霜枫叶老，沾露稻花香。

烟岭飞霞彩，纤鳞点镜光。

秋情挥洒处，能不动诗肠。

（2024.10.01）

彭阳红杏

嘉果横枝隔院香，玉人捧出抢先尝。

鲛绡软嫩红初透，入口琼浆滋味长。

（2020.07.09）

西村海棠

繁枝艳艳是春深，万点胭脂雪蕊沉。

一树东风檐下起，满村花雨尽沾襟。

（2021.05.09）

公园雪后晨练

积雪凝银曙色分，烟岚人气两氤氲。

欲知强健拳拳意，不减当歌酒半醺。

（2022.01.09）

夏日住六盘山

平林过雨净无泥，烟笼青芜野径迷。

涧水松风消暑气，山中暂共碧云栖。

（2022.08.05）

蔬菜大棚

棚中枝叶碧葱茏，暖室催生蔬果丰。

四季常鲜归妙法，佳肴不赖转天功。

（2023.03.02）

六盘山中避暑

六盘山里有仙乡，绿树阴浓蔽暑光。
身在此间心自静，密林深处好乘凉。

（2023.07.12）

油菜花海

烟暖花开四野黄，金波涌浪载春阳。
风摇枝蔓香盈袖，蝶舞蜂忙意未央。

（2024.08.10）

金沙湾生态园

黄龙疏懒卧金沙，许得晴川好物华。

两岸重林张翠幕，半山远岫染明霞。

深园古堡葡萄酿，曲径香尘苜蓿花。

占尽一湾幽赏处，秋风明月亦堪赊。

（2020.05.29）

稻渔空间生态园

稻花香里水花铺，晴野烟光入画图。

紫蟹横斜清乱草，银鱼高下养青芜。

移来蓬岛玲珑境，幻作桑田潋滟湖。

共享一园欢乐意，江南有及此间无。

（2020.05.31）

鑫源祥农牧科技苹果园见丰收景象

嘉树经霜叶未秋，青铺红缀彩光流。

压枝果大惊人眼，裹蜜浆甜爽客喉。

集约丰标凭滴灌，密林科技富沙洲。

新词吟尽兴难尽，回首频频去欲留。

（2021.10.27）

园中菊

曾因陶令傍东篱，魂梦千年归有期。

玉质仙容甘寂寞，鹅黄宫紫斗清奇。

霜凝风骨依然瘦，露湿冰心不可移。

耐得孤寒深浅意，但逢晴日自熙熙。

（2023.10.01）

如梦令 · 山村秋菊园

百里金沙晴昼，霜菊妆秋时候。风动竞飘摇，花扑卿卿罗袖。回首，回首，拈取一枝来嗅。

（2019.08.30）

如梦令 · 塞上秋

金穗舞风翻垄，秋叶染霜红重。霞映大河明，万斛紫珠欢捧。逐梦，逐梦，塞上画图堪共。

（2019.08.30）

浣溪沙·观全国脱贫攻坚总结表彰大会

澹荡春光谁唤回，脱贫消息逐屏飞。动人心处泪相催。

金曲掌声时合响，奖牌人面两交辉。此时好尽手中杯。

（2021.01.01）

浣溪沙·春日梯田花海

春日梯田锦绣堆，杏花香气入风微。蝶蜂曼舞柳丝垂。

云影半遮山径远，岚光轻漾野田肥。此中留恋不思归。

（2023.04.10）

浣溪沙 · 农家乐

小院花开风色新，果蔬盈架散香氛。农家采摘笑声频。

鸡犬相闻迎远客，酒茶不绝到黄昏，醉看夕照没山云。

（2023.07.22）

菩萨蛮 · 春日菜田

东风解意催云暖，繁枝草色青光满。夹岸柳丝垂，平湖紫燕飞。

烟畦千垄菜，填写春姿态。二月雨新晴，宜邀垄上行。

（2023.02.18）

南歌子 · 彭阳金鸡坪梯田

岭叠千重碧，烟凝万壑春。金鸡护佑茹河人。管领彩田如画、四时新。

蝶乱芳菲影，枝横雨露痕。坡衔玉带鸟衔云。遥见指纹环布、壮乾坤。

（2024.07.16）

鹧鸪天 · 塞上移民新村

极目沙尘不见扬，新村秀色斗芬芳。柳边燕影飞红瓦，花外车声度粉墙。

葡萄酒，紫霞光，引来商旅逸兴长。吊庄赢得东风顾，更写明朝锦绣章。

（2021.08.10）

鹧鸪天 · 湖中莲花

几度瑶池濯慧根，归来园瓮伴斯人。泪凝月白三千露，颊染羞红一点因。

风过处，水粼粼，凌波似见洛川神。形容犹恐须臾没，速遣清词试写真。

（2021.08.30）

鹧鸪天 · 山村初见红树莓

翠幕重重著眼看，岂知叶底有壶天。紫藤错落枝枝重，红玉晶莹粒粒圆。

浆浓郁，味甘鲜，但吞佳果不须餐。溪头陇上流连久，月上高林犹未还。

（2021.08.10）

鹧鸪天 · 稻田秋景

稻浪翻金沐晴晖，秋空澄澈白云飞。林间红叶经霜艳，埂上黄花着露肥。

溪水远，淡烟微，田翁肩挑晚霞归。此般胜景心中驻，画意诗情诉向谁。

（2024.09.20）

浣溪沙 · 桃园直播

红果垂枝压翠梢，一园秀色网中飘。屏中仙子笑相邀。

明润娇颜欺玉色，香甜蜜汁胜仙醪。订单随雁海天遥。

（2024.08.10）

虞美人 · 塞上春耕

春回塞上贪慵懒，枉却莺声唤。三朝微雨正当时，桃李不甘寂寞破千枝。

涓涓细露晴方好，日暖萌新草。现今农事换机耕，地沃人闲几处钓竿横。

（2019.03.10）

鹧鸪天 · 小院丁香

素玉无争晴日春，偏于静夜缀纷纷。愁凝别后玲珑泪，香瘦风前寂寞身。

半规月，照清魂，可怜眉黛向谁颦。玉香销尽归何处，别是巫山一段云。

（2021.05.14）

洞仙歌 · 沙枣花

星星黄玉，密密盈枝缀。每趁春深作欢会。
有倾城香雾，暗入兰襟，风烟里，骀荡教人沉醉。

素萼匀粉浅，轻簇檀心，经雨凌霜宁无悔。
纵空林独守，月冷沙寒，难销尽，出尘风味。只
疑是，幽芳九霄来。还又看，凭谁瘗金凝翠。

（2023.06.10）

昼夜乐 · 见野河垂钓

　　钓闲最爱春初暖，柳新韵，桃才绽。波摇彩练飞空，雾送馨香过岸。花色湖光迷醉眼，待垂纶，日高将晚。只恋好风光，误凭竿梢颤。

　　春归夏至天漫漫，盼云黯，好抛线。碧荷荡漾清心，鸥鹭翻飞遮眼。忍看钓鱼吞饵泣，且放生，尽回浩瀚。非是好鱼鲜，水天成鸿宴。

（2022.04.10）

治沙育林

植　树

春和烟霭暖，日朗景云生。

执铲培新土，移苗播绿情。

泥香繁叶壮，细露润根荣。

但盼林荫暗，秋芳当月明。

（2023.03.12）

沙漠明珠

大漠沙原阔，何人引绿魂。

劳身凝碧色，挥汗润荒根。

足蹑生机现，心倾浩气存。

明珠添胜景，春意满乾坤。

（2023.06.22）

沙漠防护林

谁种一原树，遮拦漠上沙。

繁枝擎翠盖，烟蕊缀丹霞。

花海成仙境，层林做氧吧。

人居此胜处，心静梦无涯。

（2023.06.22）

植树造林

春来好染万重山，化雨引黄非等闲。

河润层岩涵野树，草编网格锁沙顽。

丹心播洒四时绿，铁臂装梳一世颜。

待到林深香暗度，今朝劳绩不容删。

（2023.07.21）

咏白芨滩防沙人

扎根大漠朔风前，誓锁黄龙不计年。

铁镐挥开千顷绿，青丝染尽五更烟。

但留浩气存天地，未教顽沙越界边。

今日林涛连广宇，笑看山水共潺湲。

（2023.07.21）

"人民楷模"治沙英雄王有德

披霜裹露几春秋，心底芳洲漠野求。

滴汗成霖肥厚土，开田播绿染荒丘。

草方格里乾坤大，西北风前岁月流。

纵有最高荣誉在，治沙不尽事难休。

（2021.05.28）

赞王有德治沙

一

不畏狂沙远蔽天，帐为庐舍意安然。

辛劳卅载终无悔，换得繁花盛景鲜。

二

大漠风沙战未休，篷庐暂作小居留。

伏魔方格播新树，且看荒丘变绿洲。

三

旧日狂沙肆意横，谁将野帐作行营。

防治功就繁花盛，闲步芳丛听鸟鸣。

（2022.05.22）

白茨滩国家沙漠公园

向来大漠覆黄沙，谁使横空碧玉斜。

树自扶疏迎晓日，波还潋滟映流霞。

春风摇醒千行柳，滴灌浸肥三里花。

极目荒原成绝胜，烟岚一带入云涯。

（2022.05.21）

咏草方格

戈壁棋枰织翠纱，黄龙俯首认新家。

塞翁巧布千军阵，大漠惊开四季花。

网格常牵星月夜，根茎深锁玉门沙。

休言小草无奇志，撑起河山万里霞。

（2023.05.28）

浣溪沙 · 草方格治沙

一

草格织成棋一盘，黄沙渐退绿波宽。春风着力染荒滩。

几载冰霜添锦绣，今朝山水绽新颜。绿洲入眼梦终圆。

二

草缚流沙作妙方，直如棋布镇蛮荒。绿肥黄隐见功长。

昔日风号皆漠漠，于今林蔚尽苍苍。繁花深处是梦乡。

（2022.05.25）

浣溪沙 · 植树节

塞上春来日渐长，田中人影舞锹忙。山前屋后换新妆。

昔日荒丘成旧事，明朝翠色映斜阳。一川佳气谱华章。

（2023.03.12）

浣溪沙 · 白芨滩治沙公园

曾记黄龙舞大荒，今朝草格锁沙忙。丘原铺绿换鲜裳。

高树叶繁披锦绣，平湖水碧润琼芳。明珠落入塞云乡。

（2023.03.17）

鹧鸪天 · 赞治沙人

心向治沙意志坚，顶风餐露不知年。痴情但使荒原改，壮志能教沃野连。

播绿色，换新颜，经霜沐雨梦难删。但看昔日伤心地，林海葱茏映碧天。

（2023.05.11）

鹧鸪天 · 白芨滩自然保护区

白芨滩头浮紫烟，就中湖波弄潺湲。绿荫成幄遮炎日，白鸥翔空舞碧天。

风细细，水涓涓，此中诗意韵无边。沙原安有玲珑境，疑是桃源现世间。

（2023.05.18）

鹧鸪天 · 沙坡头草方格治沙

河卷黄沙岁月长，麦秸方格作山墙。阻魔布阵赖神力，衔照梳波有禹王。

风渐止，鹤初翔，林花渐满扫边荒。楼兰神话今重现，荡我诗心赋锦章。

（2023.07.22）

鹧鸪天 · 赞宁夏生态造林工程

塞上风光酿有谁，封山植树翠屏回。垂枝枸杞摇红玉，叠架葡萄入绿醅。

鲜枣脆，蜜桃肥，繁花璀璨沐晴晖。今人有梦春常在，天地川原入锦帷。

（2023.08.11）

鹧鸪天 · 沙漠绿洲

铁镐银锄相对倾，齐心铲破塞原冰。漠中巧布黄沙锁，梦里频观绿浪腾。

生态网，智能屏，携来齐奏凯歌声。而今碧野连天阔，犹有春风日夜耕。

（2022.06.10）

蝶恋花 · 见沙漠治理成果有感

塞上明珠凝瑞气。沙海翻青，绿野连天际。风卷林涛波万里。雨花繁处烟霞起。

缚地倩谁生妙意。网格铺成，坡翠含风细。日照园田瓜果异。客来共享桃源地。

（2022.06.12）

水调歌头 · 致敬治沙人

沙魔有归处，塞上又逢春。湖边犹记当日，沙暴掩车痕。雨歇良田皴裂，风肆黎民悲叹，赤日坠黄昏。但引补天手，浩气铸精魂。

王有德，承重任，向昆仑。卅年戈壁，饮露担月堕星辰。漫道青丝染雪，喜见平畴涌绿，林海接芳村。极目晴川阔，赖有治沙人。

（2022.06.12）

八声甘州·绿色宁夏

　　望塞乡原野碧连天，漫卷拂云斜。见长林横霭，青溪漱石，鸥鹭眠沙。一阵清风吹过，拂袖有飞花。渠水逶迤去，泽润桑麻。

　　谁遣苍茫大漠，染满原碧色，千里烟霞。忆荒坡植树，铁镐破寒砂。任风刀、削残鬓角，换而今、葱翠浩无涯。犹堪待，晴园果熟，秋在千家。

（2024.07.28）

特
色
产
业

枸杞园

平野青藤坠，垂枝玛瑙红。
果鲜明秀色，馥馥示年丰。

（2022.05.28）

中宁枸杞园

田园晴日照，绿浪卷丹云。
仙果盈枝坠，欢声隔叶闻。
铺成红玉毯，化作雪花银。
粒粒何其似，农家眷眷心。

（2023.07.23）

葡萄园即景

小园青织帐，紫玉在农家。

馥郁凝霜意，玲珑沁露华。

香随车影远，情共日光斜。

晚照收千串，风摇万点霞。

（2022.05.28）

宁夏枸杞

长河滋沃野，红玉得灵光。

入馔调甘味，承医济世方。

春耕千垄翠，夏采一篮香。

此果为珍品，或能称药王。

（2022.07.20）

灵武长枣

珍果灵州异，长圆裹赤裳。

摇光凝蜜汁，带露溢清香。

汉苑承仙种，唐宫奉玉浆。

秋来摘箱满，笑语尽飞扬。

（2022.09.28）

枸杞园丰收季

园田披锦绣，枸杞映晴光。

串串红珠重，盈盈翠叶长。

玉颜迷宝镜，蜜汁胜琼浆。

晒席霞云满，灵根韵里藏。

（2023.07.29）

灵武长枣

灵州百果王，名盛誉流长。

叶碧常沾露，珠红总出墙。

层层腴肉脆，口口味甘香。

日食两三颗，高年体亦康。

（2023.09.29）

彭阳杏干

黄云裁作绛纱囊，曝日凝脂透蜜光。

闲嚼半枚思旧岁，春风曾吻小枝香。

（2023.07.28）

现代牧场

平畴绿野起华堂，科技融身养牧忙。
温控栏中春永驻，食输槽畔雾生香。
牛群健硕嬉晴日，器械精良映晓光。
贾客纷来途路畅，田园新曲韵悠长。

（2023.07.28）

平罗玖倍尔 5G 智能牧场

平罗牧苑绽辉光，玖倍尔家奇技彰。
五 G 赋能无扰挤，数屏掌舵不知忙。
人工劳作皆陈迹，效益激增呈瑞祥。
云控流程精准饲，东风得力谱华章。

（2023.07.28）

葡萄丰收季

碧幕垂绡缀紫珠，秋光酿就景何殊。

风摇璎珞千枝动，露润琉璃万颗濡。

剪落星辰盈竹篓，堆成玛瑙入瑶图。

欢声笑语穿云去，月色如银匝地铺。

（2022.07.30）

咏干白葡萄酒

冰珠酿作玉酥波，欲问琼浆味若何。

不染嫣红凝雪魄，但留清冽伴弦歌。

经年窖藏甘初绽，满室香浮韵自多。

我把醇醪融夜色，一樽饮后醉颜酡。

（2022.07.30）

灵武长红枣

仙乡陌野赤珠藏，漫染风霜滋味长。
旧日皇家陈御宴，今朝林下待君尝。
枝摇霞影连霄汉，车载殷红到远疆。
赖有脆甘传四海，手机屏上接单忙。

（2023.09.20）

鑫源祥农牧科技苹果园见丰收景象

贺兰东麓有山乡，园圃岚浮五彩光。
果似灯笼悬碧树，色欺玛瑙映秋阳。
智能灌出甘肥汁，生态培来清淡香。
谁使枝头灵鹊绕，订单飞入坐中央。

（2022.09.30）

中宁枸杞博物馆

杞馆宏开岁月藏，霞堆玉缀满庭芳。

千年种艺图中见，百代精华架上扬。

墨染经纶传妙术，珠凝琥珀泛秋光。

览奇寻胜流连久，袖卷红云梦亦香。

（2023.05.28）

彭阳山花节

晴塬三月景尤殊，层叠烟云入画图。

霞染梯田花作浪，香浮春野草如铺。

蝶迷粉色穿林舞，鸟踏新枝隔叶呼。

遥想秋深霜落处，万株垂玉倩人扶。

（2024.04.08）

春光好·红枸杞

珊瑚坠，落晴川，染霞天。入口甘香生逸韵，
胜灵丹。

天赐琼枝凝露，地涵绛玉经年。边地承恩情
不尽，话千年。

（2024.06.28）

浣溪沙·枸杞寄友

聊借一瓯枸杞红，共伊粉面逗回风。别来心
意不言中。

悦耳欢声犹未尽，盈怀诗绪早联通。梦和新
月两朦胧。

（2024.06.29）

浣溪沙 · 贺兰山东麓葡萄酒

千古贺兰逸韵长，红波潋滟紫醅香。呼朋问醉共徜徉。

文化长廊添锦绣，旅游佳景谱华章。东方美酒盛名扬。

（2024.08.21）

南歌子 · 盛夏玺赞庄园枸杞采摘

野色连天碧，流光照眼明。累累丹果挂苍藤。千顷婷婷枝上，玉珠凝。

一啖心神醉，回尝暑气清。浓浆三入助吟声。难减心头诗意，误归程。

（2023.07.13）

鹧鸪天 · 宁夏大米

　　九曲黄河润米粮，平畴千顷稻花扬。春田染绿秧苗秀，秋野铺金穗浪长。

　　粒晶莹，白如霜。玉团入口齿留香。谁言塞北偏贫瘠，一斛琼珠岁月藏。

（2024.06.28）

鹧鸪天 · 盐池滩羊

　　花马池边野茫茫，清泉甘草饲肥羊。登盘肉嫩肌纹细，入口芳鲜滋味长。

　　供美馔，诱琼觞。气蒸浅雾满庭香。珍馐味美兼滋补，此物尝过安可忘。

（2024.07.22）

鹧鸪天 · 见中宁枸杞直播带货

田野青铺红果明，视频直播起欢声。屏前一串玲珑玉，屏后千人应和情。

润心肺，一身轻。自成百姓养生羹。五湖四海经销远，未负千年圣果名。

（2024.07.22）

水调歌头 · 宁夏葡萄酒

琼浆何处有，塞上觅仙踪。贺兰山上云淡，风拂赤霞浓。汲取黄河灵韵，捧得星辰朝露，木桶酿秋冬。琥珀流光转，馥郁透千重。

承古法，融新技，化无穷。甘醇名远，金奖岂独赖天功。千载驼铃丝路，百里垂珠藤蔓，今古总相通。须趁时光好，鹏展借东风。

（2023.07.22）

文化赋能

固原二中行走的思政课

徒步清明祭，年年百里遥。

霜寒消稚气，雨冷壮新苗。

足迹经千叠，吟声入九霄。

冰心磨砺出，学子立风标。

（2024.07.12）

黄文秀

翠峰千万叠，深处有家山。

年少求知去，功成抱志还。

殷勤蓬户里，奔走果林间。

身陨扶贫梦，云中见笑颜。

（2022.7.26）

塞上中秋

不负屏前约，花边共酒边。

清辉明笑靥，新句落云笺。

看尽烟霞色，携回翰墨缘。

韵香浮动处，人月两婵娟。

（2022.09.02）

宁夏诗词学会诗教工作委员会成立

雅韵三千载，吟魂代代传。

翰林留典籍，网络续前缘。

今有良师在，为期彩帜悬。

贺兰花正盛，逐梦五云边。

（2024.1.17）

高考即景

夏初六月夜犹凉，学子三更弃梦乡。

十载寒窗磨利剑，一张考卷试锋芒。

辣妈求胜旗袍艳，交警护行通道长。

劳苦辛酸皆不问，但凭金榜耀星光。

（2023.06.08）

快　递

崇山远水是通途，包裹乘风气象殊。

联网下单轻可点，宅家沽酒未须呼。

京城边镇穿行急，烟月楼灯照影孤。

飞骑纵横唯恐晚，不将明日问荣枯。

（2019.02.24）

红军三大主力会师地将台堡

千年古堡枕秦城，青史流传有盛名。
昔据将台震胡虏，近为胜地纳雄兵。
三军过后人心聚，迷雾开时旧厦倾。
日月光浮春正好，六盘山下享升平。

（2019.05.07）

银川市诗词学会揭牌

黄河波渺洗长天，夹岸欢声紫气连。
翰墨淋漓星彩动，芳菲次第露华鲜。
须倾绿酒邀风月，更有清吟胜管弦。
诗路花繁春正好，一麾重整启新篇。

（2023.04.14）

魏康宁会长《塞上行吟》出版

塞上行吟谁共游，牵风携韵度春秋。

山川胜景皆成赋，草木清光总染眸。

心在田园犹自适，胸怀家国未能休。

笔花开处馨香满，廿载耕耘一夕收。

（2023.06.07）

宁夏诗词学会第七届会员代表大会召开

塞上谁为作好春，贺兰雪霁瑞光新。

堂飞锦字烟霞暖，墨染香云笑语频。

初聚吟声缘故老，后繁诗苑有今人。

琳琅玉树才华盛，须向瑶台更问津。

（2023.12.25）

固原李存吉农家红色文化大院

农家大院不寻常，红色基因续未央。
党史百年厅里现，世珍万件馆中藏。
山川访尽初心在，高匾题成素志彰。
莫道平民无标格，此情自与水流长。

（2024.07.14）

浣溪沙 · 夜班护士

遥夜清光照眼明，穿梭纤影不曾停。女儿姿态最轻盈。

妙手拈针消病痛，轻声解惑见真情。白衣素面也倾城。

（2021.03.08）

浣溪沙 · 交警姑娘

道路明灯转绿红，谁挥手势尽从容。英姿宛转更匆匆。

身在一方寒暑里，心牵万户险危中。只将意气傲东风。

（2021.03.08）

菩萨蛮 · 春事

东风摇曳烟霞暖，纸鸢牵落云千片。紫燕啄香泥，新莺穿柳啼。

杏花飞作雨，又见随波去。蛱蝶逐红衣，醉中日已西。

（2024.03.26）

浣溪沙 · 中秋回家

一叶浸红秋色还，碧空湛湛月将圆。南来风送桂花烟。

三载蜗居方寸地，一心只在水云间。轻车载梦向家山。

（2023.09.26）

浣溪沙 · 宁夏诗词学会女子工作委员会成立

韵起贺兰香雪飞，满堂琼彩觉寒微。兰襟遍结是蛾眉。

一曲弦歌云外起，满觞诗意酒边回。玉笺锦字绣成堆。

（2023.12.26）

南歌子 · 贺固原市诗词学会成立

翠岭丹霞染，边城紫气生。六盘山上绣旗明。聚起吟坛健笔，写高情。

故老文章秀，时贤本性灵。句中风月几曾经。更向白云深处，斗峥嵘。

（2024.05.17）

鹧鸪天 · 暮春感赋

莫恨峥嵘岁月筛，不经风雨亦堪哀。但凭诗梦敲新句，且向桃园惬素怀。

冰雪意，也容乖。如云往事岂能排。试看春尽花飞处，郭外青林翠欲埋。

（2023.06.13）

洞仙歌 · 宁夏诗词学会
女子诗词工作委员会成立

贺兰飞雪，飞在春先处。争向琼林唤诗住。扫眉人，正聚弦管飞觞。倾玉液，照见芝兰玉树。

瑶台辉光暖，梅吐新香，疏影清姿照烟浦。有吟哦兴起，翰墨缘深，况又借，东风一度。君莫惜，青鬓染吴霜。但记取，书边笔耕休误。

（2023.12.25）

水调歌头·西夏区荣获
"中华诗词之乡"称号

　　当午闻鹊报,西夏起欢声。金风重起,吹遍庭院尚营营。几度剪花入梦,欲引边鸿出塞,有意抱诗灯。首席入华册,何物助吟情。

　　动弦歌,斟美酒,岂无凭。峰高万丈,犹待振翼赴前程。乞得坡翁词句,合向素笺腕底,墨染百花荣。贺兰正嵯峨,笑看碧云平。

(2019.05.28)

满庭芳 · 宁夏诗词学会
"朔云边月"女子诗社成立有记

　　玉树停云，兰芽披月，凤台飘散香尘。藕花垂露，红白照湖新。秋水蒹葭弄碧，岸花外，风舞榴裙。合堂聚，清谈雅论，一咏半空闻。

　　佳人，裁秀句，屏前唱和，卷里争春。任青鬟染霜，不废晨昏。多少襟怀意气，算何事，尽入芳尊。歌筵畔，盈窗笑语，弦管共嘉辰。

（2024.8.20）

满庭芳 · 改革开放感赋

斗转长空，潮生南浦，江山四秩春秋。画图圈点，渔舍换高楼。除却积年桎梏，商海里、人竞风流。民心聚，天蓝水秀，旭日遍神州。

凝眸，谁不羡，如风高铁，揽月仙舟。有信息科研，发展方遒。更喜强军重器，国威振，天道人谋。云霄里，风鹏正举，抟翼任遨游。

（2023.12.20）

沁园春 · 送温暖
（中华新韵）

细雨飞虹，翠岭呈祥，塞上春临。向长征圣地，花篮敬献；六盘山下，疾困垂询。翻岭穿林，入村围坐，百姓家常话语亲。民生计，有攻坚矢志，挑战精神。

帮扶温暖人心。江河笑、只凭主义真。看东西协作，凝结智慧；闽宁对口，保定乾坤。华夏千年，江山万里，巧借东风气象新。中国梦，正扬帆奋起，破浪逐云。

（2024.08.02）

金缕曲·随中华诗词学会 考察西夏区诗词之乡有记

塞上春风暖。正园晴,芳香盈袖,翠光明眼。檐下千年推敲事,历历堪为教典。牵情处、吟堂词翰。楼里书声楼外景,韵徘徊,诗意无深浅。看不尽,是新卷。

飞花令起思何限。贺兰风,弦歌凝住,离骚送远。年少辛勤堪折桂,争把画图裁剪。欲趁那,韶光未换。琼玉得传风雅事,更几番、梦到深庭院。风露里,珠玑满。

（2019.08.28）

清新明丽　交相辉映

——马翚诗词创作初探

张　铎

近来，不少诗人乃至一些著名作家，都向我郑重推荐马翚的诗词作品。评论家、朗诵艺术家学会主席哈若蕙先生还把她朗诵的马翚的诗词作品，发到我的微信里，供我学习欣赏。当代军旅诗人、中华诗词学会副秘书长兼评论部主任沈华维先生也多次对我讲，马翚是一个很有潜力的诗人。

马翚一直供职于宁夏某卫生部门，是来自我国著名诗人李清照故乡山东的白衣使者，工作之余喜欢填词写诗抒发情怀。她闯进诗坛时间不长，就引起了人们的广泛关注。最近，当我集中地浏览了马翚的部分诗词作品后，突出的感觉是，她的艺术感觉非常敏锐，其作品形象鲜明、情感真挚、清新明丽，读之给人的感受是直通心灵。《毛诗·大序》里说，诗是"情动于中而形于言"。诗人心里有了情感的波澜，用语言表达出来，就是诗。也就是说，诗歌是诗人与世界之间联系的言说。马翚的诗词作品大都来自她自己对生活的新鲜的独特的美的感受，而这种感受又属于她自己的发现，与别人不相同，也不重复自己。这一点对于一个创作者而言，尤为可贵。

一

马翚不愧为李清照的家乡人，她的诗风确有乡贤李清照的余韵，对于词语、意境的组织均有类似于李清照的特征，并能从不同角度发现美和表现美。众所周知，我国古典诗词中的许多优秀之作，都在于有自己的独特发现。唐朝著名诗人韩愈有一首诗《早春呈水部张十八员外》道："天街小雨润如酥，草色遥看近却无。最是一年春好处，绝胜烟柳满皇都。"这首诗若没有"草色遥看近却无"这个独到的发现，便逊色不少。一场小雨过后，朝远处望去，一片青翠。可是走近一看，又看不见了。诗人描写初春的青草新绿，若隐若现，不但生动准确，而且极其自然，洋溢着一片勃勃生机。由此可见，艺术的美来自大自然、社会等物质现实与人类意识之间的联姻。诗歌的目的就在于发掘生活中的美，维持现实与想象之间的一种平衡。

马犇的创作除了在语言技巧方面花大气力，更主要的是在诗的真情实感上下功夫。此外，还有一个特点，就是有自己的发现，故而所到之处随意拾来无不是诗。《捣练子·春夜》词云："春夜静，月空明，袅袅琴音到二更。欹枕沉吟心已远，浅眠邀梦与君听。"这首诗受李清照的词作《如梦令》影响较深。《如梦令》有"浓睡"，这首诗有"浅眠"一词。古典诗词大都有一个题目，比如杜甫的《春望》等；词一般是没有题目的，只有一个词牌，如岳飞的《满江红》等。当然，也有词牌之外，再加一个题目，如这首词《捣练子·春夜》等。诗人给自己的诗作加题目，一般起着点题的作用。那么，这首《捣练子·春夜》从题目看，就是描写春天夜晚的景色。春天的夜晚静悄悄的，皓月当空，非常明亮。缥缥缈缈的琴音一直响到二更天。清风徐来，花香浓郁，令人陶醉。这样美好的夜晚，怎么能够"浓睡"，当然是"浅眠"了，那就把梦邀来与君一起听，梦又如何听？人生几何，对酒当歌。说是邀梦，其实是邀梦中人，赏月赏花听琴，共度美好春宵。一句"浅眠邀梦与君听"，这种对生活的真切感受和独特发现，便使马犇有着区别于其他诗人的独特感情气质和艺术个性。这首诗前面的几句，看似平淡，但有了后面的这句诗，就显得不平淡，而是淡而有味，让人有超越现实之感。"月空明"，不仅是空间空，还有心"空"，以致睡不着，一直到二更琴音停了，还未休息。一个"空"字，似乎有无限的情意。"袅袅琴音"也许勾起了袅袅思绪，是花香醉人，还是琴音醉人，已不分明。这种不能自言之情，是一种不能自己说出来的感情。即陶渊明诗所云："此中有真意，欲辨已忘言。"诗人追求的不是客观生活的外在真实，而是现代人复杂意念、微妙感情的内在真实。整首诗在音、色、味的交融中，使诗的境界大为开阔。值得一提的是视觉、听觉、知觉等感觉的综合运用，在马羣的诗词创作中，发挥着重要的作用。

王国维在《人间词话》里说："词之言长。""浅眠邀梦与君听"，短短七个字，似乎有说不完的意思，给人以非常丰富的联想。又如《渔家傲·时光》："日月如梭谁留住，雪花飘过无寒苦。霜染层林蒸彩雾，秋好处，流光只让春光妒。 音乐铿锵团扇舞，柳腰水袖得郎顾。年老年轻能定数，激情付，心怀有爱青春驻。"宋朝著名词人辛弃疾《菩萨蛮·郁孤台下清江水》，有一名联"青山遮不住，毕竟东流去"，说的是正义事业像奔腾的江水，涤荡一切污泥浊水，使之滚滚向前。其实用这两句诗来比喻时光流逝，也是很有表现力的。"子在川上曰：逝者如斯夫"，这是《论语》表现时光的词语，借以抒发时不我待、自强不息、只争朝夕的思想感情。是啊，岁月如梭，谁也留不住！故而那"雪花飘过"，又有什么"寒苦"呢？事实上，这点"寒苦"，在时光流逝面前，根本不值得一提。"霜染层林蒸彩雾"这句诗，又使人想起毛泽东著名的词作《沁园春·雪》中的"看万山红遍，层林尽染"，气势大矣，迄今无人可及。马犟却另辟蹊径，在"霜染层林"的基础上，又引来"雾"，用"蒸"这一动词，便使秋色五彩缤纷、美不胜收。这样流光溢彩的季节，当然只能让"春光妒"。一群"柳腰水袖"的青春女子，在音乐的伴奏下，翩翩起舞，跳起了团扇舞，不断地引得"郎顾"。看到这种景象，已进入人生之秋的读者，是羡慕，是嫉妒，一言难尽。此处心情错落有致，充满了浓厚的生活气息。尽管"柳腰水袖得郎顾"是人之常情，但诗人化实为虚，把一种人人皆有而又难以言传的抽象的情感，表达得那么逼真和传神。这就是此词的要眇幽微之处。一首成功之作，一种与众不同的感受，就是发现，其在诗中起着非常微妙的作用。从某种意义上讲，诗也就有深度了。诗人的创作实践证明，有这个发现和没有这个发现是截然不同的。该诗的上下两阕，应该是有了下阕"柳腰水袖得郎顾"这个发现，才有了这首词作。至于"年老年轻能定数，激情付，心怀有爱青春驻"，再次加重笔力，感情激越，语言明朗晓畅，出语亲切，情感真挚。特别是"心怀有爱青春驻"，意蕴深远，具有强烈的艺术感染力。马犟从感觉入手写感情深处的涟漪，不断拍击着读者的心弦。但是岁月无情，一切努力在自然面前均显得无力。人生不遂意，随意也好。在这里，我们或许认为马犟只是忠实于自己的生活感受，说出了一些过去还没有说出的东西，即我国古代文论讲的："人未尝言之，而自我始言之。"对于我们每个人来讲，文学永远没有生活丰富多彩，艺术必须在生活中寻找。比如人们往往借酒消愁，古人也不例外，如"闲愁如飞雪，入酒即消融"等诗句，就达到了形象与情感、知性与感性的高度统一。马犟也有这样的诗，如"浊酒不消心底涩"，一个"涩"，就有不同于别人的生活感受和发现，从而更好地抒发了诗人对于生活真切而又独到的体验。

罗丹说："美是到处都有的，对于我们的眼睛，不是缺少美，而是缺少发现。"诗词创作乃至一切创作，都是"喜新厌旧"，它是一种不断发现、不断创造的竞技运动。而诗人的力量，就在于调和客体世界与主观世界的不平衡。

二

一首好诗，除了新鲜独具的美的情思，还要有鲜明独特的美的意象。关于写诗讲究意象，经常见于我国的古典诗论。查考意象的起源，最早见于《易传》之"立象以尽意"。而意象进入文学创作领域，则以齐梁间刘勰的著作《文心雕龙》为标志，即"窥意象而运斤"。后来唐代司空图的《二十四诗品》，就直接提出意象之说。目前对意象比较统一的看法是，客观生活的场景与诗人的主观情思相互交融，通过审美的创造而以文字表现出来的艺术景象或境界。意象作为一个美学概念，长期以来人们仅把它当作一个诗的批评概念。其实认真剖析一下传统绘画、书法，乃至小说、戏剧等，这些艺术虽然门类不同，但其艺术形象的构成大都具有意象的性质。

马犇在学诗的过程中，主要是受古典诗歌的影响较大，比如受李清照、秦观、崔护等人的影响就比较深，但她弃其糟粕，取其精华，融入了新的生机和创造。在她的眼里，大自然本身就是一种美，艺术就应该回归大自然的天真无邪。她早期的诗作，大都有丰富的美的意象，是一个如胡塞尔笔下的现象学世界，一个意识之外的"他者世界"，而这一切都与她对古典诗词消化吸收、力求创新分不开。比如她的《鹊桥仙·丁亥七夕》系列，就明显地受秦观的著名词作《鹊桥仙》的影响。还有些诗作如《凤凰台上忆吹箫·秋祭》，就受李清照的影响，她也直接标举这首词"次韵易安先生《凤凰台上忆吹箫·别情》"。可她又有自己的创造性的"表意之象"，从而使自己诗作中的情感与自然合二为一，显得既清新又明丽，浑然天成，不露斧凿之痕。

马翠的作品注重意象营造，使她的诗词创作充满一种浓浓的中国作风和中国气派，有自己鲜明的特色。俄国著名评论家别林斯基说："诗人的个性越是深刻有力，就越是一个诗人。"马翠的七律《长白山秋色》云："风轻云淡长白岭，千里秋霜染画屏。峰顶杉枝犹吐翠，溪前槭叶已衔红。亭亭白桦心音远，曳曳黄栌醉意浓。人在卷中何所似，忘时忘日忘归程。"与词相比，诗更擅长言志。古人云："诗言志，歌咏言。"而这首诗则侧重于写景抒情。诗人来到长白山，正赶上一个好天气，微风轻抚，天高云淡，千里长白山就像一个秋霜染过的画屏。这一创造性的典型意象，让人感到了祖国山河的壮丽，以及诗人的喜悦心情。而这一切均隐藏在鲜明的意象中，没有直接说明，反而给读者以分外强烈的感染。这首诗首联写远景，从"风轻"触觉，到"云淡"视角，再到"秋霜染画屏"写感觉，通感的灵活运用，将诗人的情感宣泄得淋漓尽致。尤其是着一"染"字，宛如王国维品评宋祁的著名词作《玉楼春》写春之佳句"红杏枝头春意闹"，着一"闹"字，境界全出。马犟的七律《长白山秋色》中，"染"这个动词也用得极妙，把秋意写得好像有知觉似的，唤起了读者的许多联想，以至人们把自己体会到的硕果累累的秋景用来丰富这句诗意。马犟选择景物的动态来写，使诗句显得既准确又生动，也是"境界全出"。当然，这里的境与景相通而实有区别。景一般指物象，而境的包容量则更为广泛，它的出现意味着诗歌创作已经关注物象构成的整体美学效果，而这正是古典诗歌意象艺术发展、成熟到意象阶段的一个重要标志。此诗中间两联对仗极为工整，用词极为精当。山顶上的杉树似乎在"吐翠"，小溪前的槭树叶子似乎在"衔红"，一个动词"吐"，一个动词"衔"，观察细致，描写精准，动静相宜，又是一个"境界全出"。尽管小说家的观察与诗人的观察略有不同，一侧重于叙事，一侧重于抒情，但观察都是需要的。在生活中，诗人的观察，就是要捕捉新鲜的感受，并将其提炼为独特的意象。而且观察极重视第一印象的直接感受，即最先的感受。"吐翠""衔红"就是诗人最先的感受，直接的感受。马犇说："写自己内心真实的感受，才能写出别人愿意读的作品。"诗人抓住了这种新鲜的感受，写杉树，写槭树，有自己的发现，有自己不同于别人的独特感受。况且杉树在峰顶"吐翠"，槭树在小溪前"衔红"，一高一低，上下结合；有动词，有形容词，动静结合，色彩鲜明，使杉树、槭树均显得生机勃勃，充满了活力。该诗颈联，白桦亭亭玉立，心音竟然远了。摇摇曳曳的黄栌树，竟然醉意浓浓。景中含情，这是写树吗？怎么好像是写人！而这正是艺术的真谛，就像艺术大师齐白石所说的，妙在似与不似之间。这种用意象表现艺术的手段，在意象与意象之间采取了大幅度的跳跃，省略了许多关联的过渡的环节，让意象并列在一起，构成了一幅有空间距离的有层次和深度的艺术境界，情景交融，意象超迈。

这里的艺术境界，其实就是我们通常所讲的意境。这是一个从意象自身开发出的"象外"世界，让这个"象外"世界接续并深化意象表意功能，从而使诗人的诗性生命体验也借此得到了升华。该诗的尾联"人在卷中何所似？忘时忘日忘归程"，这里的"卷"乃画卷，照应"画屏"。祖国山河美如画，人在其中，当然是流连忘返，乐不思蜀。这首诗，正是由于创造性地继承了古典诗词意象经营的艺术，"学会使用诗化的新词新语，师古而不泥古"，不但给读者留下了深刻的印象，而且得到了一种美的享受。在诗人的创作中，能否抓住艺术对象的新鲜意趣，这几乎成了一首好诗创作的普遍规律。又如"露重丹枫醉，云轻冷月明"（《长白山·红叶》），"露重"指露水多，故而显重，以致丹枫的叶子下坠，给人的感觉好像是醉了；"云轻"，说明不是积雨云，光线较好，所以"冷月"便显得分外明亮。这组意象饱满而用意新颖，言有尽而意无穷，使诗作显得光芒内敛，情在词外，引而不发，激发读者想象的积极性，让读者根据各自的生活经验去领略红叶的魅力。

马犇的词作以饱含感情的意象，去诉之于读者的联想和想象，使读者在对如在面前的艺术景象的欣赏中，引起强烈共鸣，在不知不觉中得到感情的陶冶和诗美的享受。

三

马犇诗花凝香，清丽交辉，是由她个性特色较为鲜明的优美语言来完成的。这种鲜明的特色表现在她的创作中，就是有自己的形式、自己的色彩，乃至于自己遣词造句的方法。

马犇从一开始创作，她的作品就有一种特殊的汉语文字的美感，虽飘逸着一缕阳刚之气，但阴柔是其基本的格调。如《忆江南·七星桥上春》："冰凌碎，春起绿波间。草树含新鱼影动，鹭鸥戏水柳风喧。莫负艳阳天。"春天悄悄地来临了，冰凌都碎了，诗人突然又宕开一笔，说春天是从"绿波间"来的，故而用轻盈的柔笔点染塞上初春特有的景致，当然也有用遒劲的刚笔刻画的略带寒意的塞风。柔笔勾勒出了"春起绿波"，说明微风掠过，正好用柔笔；刚笔描摹出了"冰凌碎"，适宜用刚笔。这样的文笔刚柔相济，相得益彰，呈现出阴柔和阳刚之美，这在美学范畴中叫作"优美"和"壮美"的意境。虽然马犇的诗词的风格总体上偏重于婉约，"优美"和"柔美"的境界居多，但是无论哪种境界，都闪烁着明丽交辉的色彩。"草树含新鱼影动，鹭鸥戏水柳风喧。"是说春天来了，草和树都"含新"，这有点我在上文引用的韩愈的名句"草色遥看近却无"的味道。含是衔的意思。"含新"意味着"新"少，所以"含"着。此处"含新"除了"草色遥看近却无"的意思之外，动词含的应用，也使诗作语气跌宕、气韵悠然。而鱼在水中游动，鹭和鸥上下翻飞，忙着"戏水"，柳树在春风的吹拂下，生长出新枝，发出哗哗的声音。有静有动，有高有低，有远有近，有声有色，生机盎然，给诗作平添了一番动人的情味。这首诗似乎看不到鲜艳的色泽，见到的是"绿波""冰凌"等，这些物象虽说也有色，但少彩，有一点隔，还需要去想象，如"冰凌"之色、"鹭鸥"之色、"柳"之色等，其少色没彩有点太素了。究其实，这一切符合塞上春意萌动的状况。因为有了前面这些关于初春之生机勃发的铺垫，诗人最后一句"莫负艳阳天"，不但显得自然而然，而且抒发了诗人自己积极进取的人生态度。马犟艺术语言的长处就在于恰到好处地勾勒出了自然景观中，从而表达自己的心境。她能够用"自己的眼睛去看别人见过的东西，并在别人司空见惯的东西发现出美来，然后用自己特有的方式表达出来"，耐人寻味，不仅使人的情感得到陶冶，而且思想上也受到启迪。有时短短的几行诗，胜过千言万语。

马犟的另一类优秀诗词作品则以蕴藉明丽、清新自然为特点。如七绝《桃花》："那年一抹相思红，几度缠绵落蕊中。懒看人间风月事，只扶粉面笑春风。"这后一句，让人想起唐朝诗人崔护的名作《题都城南庄》："去年今日此门中，人面桃花相映红。人面不知何处去，桃花依旧笑春风。"诗人去城外踏青，在一户人家遇见了一个美丽的女孩，她美丽的脸庞与桃花交相辉映，使人难忘；来年诗人旧地重游，希望再遇到那个可爱的女孩，然而桃花依旧盛开在春风中，只是不见那个美丽的女孩。诗人惆怅不已，于是在这户人家的大门上，挥笔写下了这首千古流传的佳作。这是诗人直觉思维的艺术结晶。如今，人们用这首诗的后两句形容旧地重游、人事已非的无奈、惆怅的心境。马犟很可能极喜欢这首诗，以"桃花"为题，写了一系列"桃花"诗。这类诗往往涉及细腻深潜的情愫，作者有意避开直接明白的表露，追求可意会不可言传的效果，在诗歌语言上多清婉秀丽、多含蓄暗示的特点。如果说《忆江南·七星桥上春》素雅多点，明丽少点，那么"桃花"系列诗作，则明丽多点，素雅少点。尤其是这首"桃花"诗，"一抹相思红"指桃花开了，有红有白，所以是"一抹"，符合实际情况，而"红"字前加一"相思"，就有味道了。这不仅仅是拟人，而是诗人与桃花相会于知觉中，感知桃花的过程，也就是作者思想感情塑形的过程。此时被感知的桃花，既是外在客观的一种反映，也是诗人情感对桃花的投射。因此，看似写桃花，实则以花喻人，语言极富暗示性，且又难以确定其含义，但与诗作传达的情绪十分吻合。虽说是用语言勾勒桃花的形态，但又与人不知不觉地结合在一起，创造出一种美好的诗的意境。

著名诗人艾青说："诗是语言的艺术——最高的语言，最纯粹的语言。"虽然诗人们常常"下笔不能休"，但马羿还是特别留神对语言的自觉把握。她把诗的抒情语言的美丽与蕴藉当作最高的艺术追求，使之具有一种清新、自然、委婉的风韵。如七律《开封清明上河园》中的"疑是古人生寂寞，前来盛世度春秋"、《摊破浣溪沙·梦里伊人》中的"梦里星寥玉露寒，暗香透彻小琼轩"，这些诗句并不深奥，诗人选择典型加以描画，并挟带情思，实中有虚，虚中有实，虚实结合，显得空灵而又凿实，既是清丽的，又是深挚的，读来颇能打动人心。尤其是五律《秋情》中的"游鱼波底笑，喜鹊叶间鸣。柳岸烟含翠，菊篱雾泣红"，喜鹊在树叶间鸣叫，这好理解，但游鱼在水波下"笑"，就值得玩味。这让我想起《庄子》中庄子与惠子同游濠梁的一次非常有名的辩论。两人都是智者，在濠水的一座桥梁上，俯看鱼自由自在地游来游去，因而引起联想，展开了一场人能否知鱼之乐的辩论。惠子从认知角度讲，人和鱼是两种不同的生物，人不可能感受到鱼的喜怒哀乐；庄子从艺术角度说，人乐鱼亦乐，这其实是人的心态的一种外化。从认知规律上来说，庄子的人乐鱼亦乐的逻辑推理纯属诡辩，但这种诡辩并不使人反感，因为庄子完全是以艺术心态去看待世界的，是典型的移情作用，他把自己的快乐移栽到鱼的情绪上，反过来更衬托出自己的快乐。而马翬的诗句"游鱼波底笑"，与此同理。毋庸讳言，只有懂得了诗之表达感情的特点，才能真正掌握和运用好诗的语言。

马翬已经创作诗词数百首，发表约二百首，数量不是很多，但是成功之作倒是不少。马翬之"翬"通"辉"，名如其人，诗也如其人。正如英国诗歌评论家赫士列特所说："它将事物呈现给我们的时候，在那个事物四周投下灿烂的光彩。"她深情地注视着大自然，使得自然与人性有了奇妙的有机统一，多了一种灵性之美。当然，马犇也有自己的薄弱环节，文化底蕴尚待积淀，艺术视野有待拓宽，人生格局有待提高。不过艺术创作大都写作者自己熟悉的人和事，对于不熟悉或驾驭不了的题材，一般不硬写。我们不能要求每一首诗都写诗人自己，但每一首诗里都应该有诗人自己。马犇的诗作既清新又明丽，颇富个性特征。希望在时代的召唤下，能够继续忠实于自己的生活感受，用饱蘸真情的彩笔，写出更多更好的优秀诗篇。

（原载《朔方》2017 年 11 期）

简　介

　　张铎，本名张树仁。宁夏固原市原州区人。出版诗集《三地书》《榆钱儿》，散文诗集《春的履历》，文学评论集《塞上潮音》《塞上涛声》等。其文学评论集《塞上涛声》获宁夏第九届文学艺术评奖理论二等奖。中国作家协会会员、中国文艺评论家协会会员，中华诗词学会会员、宁夏诗词学会副会长、宁夏诗歌学会名誉副会长，宁夏师范大学西海固文学研究所特邀研究员，银川文学院院聘作家。

黄河有尽诗无尽，会看丰标蠹邓林

江 岚

2020年初，沈华维先生突然打来一个电话，想推荐我为宁夏文学院高研班带一位学员，发来作品一看，吓了一跳，这水平都可以带学员了，怎么还要当学员呢？可见其人虚心好学！就这么认识了马翚，后来才知道当时马翚已经是宁夏诗词学会副秘书长，现在则为副会长，在当地乃至全国诗词界也已是成名人物了，做她的挂名导师，我不禁感到汗颜！时隔一年，马翚的第一部诗词集《春浅春深》便出版了，真为她感到由衷的高兴。

读罢《春浅春深》全部诗词作品，有以下几点印象尤其深刻。

一是短章见才情。书中五绝、七绝和词中小令占了一定比例。这种短章，易写难工，难就难在要以最经济的文字营造意境，传达诗意，就不能平铺直叙，必须选取一定的角度切入，才能达到以少胜多、出奇制胜的效果，马羣深谙此道。比如《亚丁道中》：

> 云绕青山天路长，轻烟淡月夜初凉。
>
> 车中引颈频相问，星火游移是理塘。

这首七绝一二句写景大开大阖，幽远辽阔，为后二句做了充分的铺垫。第三句以问推进，结句余韵绵绵，引人遐思。《亚丁道中》以情韵见长，有唐人风味。再看《春夜有怀》："小楼春静子规啼，露湿青阶月渐低。孤枕香寒人不寐，任他曙色自凄迷。"《山中有怀》："夜宿秋山抱月眠，幽禽断续隔云烟。相思直欲问消息，已是疏星在晓天。"这两首绝句意境也非常幽美，带着女性特有的淡淡的哀伤，都同样以神韵擅长。可以看出，作者对于春夜的宁静与寂寥非常敏感，情绪的传达也很到位，有强烈的现场感。其中《山中有怀》末句的"在"字欠稳，如改为"落"或者"没"，将疏星渐落的过程展现出来，音节和韵味会更佳。再来看两首词。《菩萨蛮·跨年》：

> 飞云初霁千山雪，碧空高挂娟娟月。樽
> 酒对银屏，歌声共笑声。

　　流年都一瞬，钟响传春信。晓日照高台，
逐春新燕来。

　　千山雪霁，皓月高悬，美酒轻歌，红日崇台，音
节浏亮，格调明快，充满了喜庆气氛。
　　《浣溪沙·汨罗长乐古镇》：

　　汨水河边石巷深，千年古镇远来寻。鼓
笳声断楚骚吟。
　　甜酒频斟人不醉，高跷妙舞笑难禁。一
江故事自浮沈。

　　汨水滔滔，石巷深深，鼓笳声断，高跷舞妙，古
今对比，弥令感慨万端，上下阕结句皆工稳，有余韵。
　　一般说来，短章结构比较简单，起承转合四个动
作简洁明了，所以，不需要在谋篇布局上下太大的功
夫，故易学。但能以绝句寥寥四句或小令数句便能充
分地传达诗意，却不是轻易能够办到的。纵观我国古
代诗史，五绝既多且佳者只有李白与王维，其他人虽
有佳作但不足以称名家。七绝作者既多，名家辈出，
但其中最杰出者亦不过盛唐王昌龄、李白，中唐李益、

刘禹锡、晚唐杜牧、李商隐，北宋苏轼、王安石，南宋陆游、姜夔，元代萨都剌，清代王士禛、黄景仁，近代苏曼殊而已，其他人虽有佳作但不能与上述名家争胜。词中小令则温飞卿、韦庄、李煜、晏几道、纳兰性德最为杰出，余子无出其右者。可见，短章写好难度很大，和诗人词家的禀赋才情有极大关系。以旧体诗为例，当代作者最喜七绝和七律，而以七绝成绩最为突出。但当代七绝创作绝大多数取法宋人，具体说来就是杨万里的诚斋体，以奇思妙想、出人意料为佳，佳则佳矣却不厚，新则新矣却显薄。诚斋体在当时风靡诗坛，杨万里俨然诗坛盟主。同时代诗人姜特立说过："今日诗坛谁是主？诚斋诗律正施行。"（《谢杨诚斋惠长句》），连陆游都说："文章有定价，议论有至公。我不如诚斋，此评天下同。"有人天真地以为这是陆游的真心话，殊不知这只是客套之词。陆游还说过："诗到无人爱处工，俗人犹爱未为诗。"针对的对象是谁难道还不清楚吗？如果放翁真心甘拜下风，何以自始至终诗中没有一点诚斋的气息呢？可见真心不愿效仿。清代刘熙载《诗概》也批评这种现象，即每一句出，必欲人道好。欲人道好，并无错，但每一句出必欲人道好，就有毛病了。李杜千古大家又何尝句句都令人叫好呢，如果真是这样恐怕也成不了千古大家。所以，欲救此弊，宜效法陆游、姜夔由宋返唐。陆游自不必多说，姜夔以词名家，诗亦成就卓然，便在于学唐，情韵深厚，力避轻薄。马翚的绝句与小令走的便是唐人的路子，有些作品立意也许平了些但不轻，也许太稳了些但不薄，假以时日，能于平实、厚重处多加用力，境界当更高。

二是长篇见功力。这里所谓的长篇只是律诗相对绝句、中调与长调相对小令而言，并非仅从篇幅长短来区分的。《春浅春深》中五七言律尤其是七律颇多，词则以中调、长调为主。这些体裁容量既大，层次又多，如何组织成篇便颇费斟酌，马翚在这里显示出相当深厚的功力。五律比如《秋情》：

> 稻谷接新雨，娉婷舞露风。
>
> 鱼沉波底笑，雁起树头雄。
>
> 柳岸烟犹翠，枫桥叶正红。
>
> 秋云挥酷暑，仓庾待年丰。

稻谷得雨，随风起舞，鱼笑雁飞，柳翠枫红，色泽艳丽，画面生动，不过，全篇写景而不及人，诗的立意便没有机会进一步开拓了，人在这里便完全成了旁观者，这种写法可以造就一般好的作品，但基本没有成为名作的可能，因为思想性达不到应有的高度，很难在同类作品中脱颖而出。比如《塞上古渠》：

> 灵渠横古郡，浊浪接遥天。
> 阔润沙原绿，凉沉塞月圆。
> 守成劳后辈，受惠忆先贤。
> 安得分龙脉，交流及四边。

前两联写景壮阔，后两联怀古深沉，结构合理，是非常经典的五律的章法，值得肯定。

美中不足的是在这部诗词集里五律的数量相对太少，远远少于七律的数量，而按理应该比七律更多才对。因为从创作难易程度来说，五律比七律容易何止一倍，从表现手法来说，五律也远较七律简单。唐代七律名家寥寥无几，不过老杜、刘长卿、刘禹锡、李商隐、杜牧数家而已，但五律佳作则几乎每人都有几首，即使是较少涉足七律的李太白也写了一百多首五律，可见五律自古以来便为诗人所喜爱，就是因为五律易学易工，不多写就太可惜了。然时代的风气如此也无可奈何。自从中唐以后七律表现手法在老杜手里日趋完备，老杜的地位越来越高，七律便日益受到诗人的推崇，成为展示诗人才学与技巧的最高典范，与七绝一起成为诗人的宠儿。当代七律也因此成了除了七绝成就最高的一种体裁。受时风熏染，马瓒也更多着力于七律创作，成就也相对显著。我们不妨也举几首七律佳作加以说明。例如：《西夏陵》：

金字塔衔秋塞尘，贺兰山下大河滨。
云浮故垒烟光冷，雨湿荒台草气新。
霸业已随霜雁过，雄风犹傍碛沙陈。
史书未可穷神秘，谁有遗篇讲夙因。

格调遒劲，气象雄浑，句法紧凑，对仗精工，而又明白如话，决不逞奇炫博，出自女性诗人之手，着实令人惊叹，堪称怀古力作。

又如《剑门关》：

秋障峥嵘锁翠烟，争雄双剑欲摩天。
地连蜀道屏山叠，势压秦川帝运偏。
丞相智谋成旧迹，谪仙诗句在危巅。

就中不解人间事，谁遣风霜到酒边。

烟锁叠嶂，双剑摩天，起势惊人。颔联进一步勾勒雄关风貌，颈联发思古之幽情，使诗境得以深入开拓，但尾联似落入怀古窠臼，尤其对于一位女诗人来说，漫遣风霜到酒边，也显得过于男性化，并不符合大家对女性诗人的审美期待，应该有更相宜的收尾方式。再如《同学聚会有怀二首》：

一

卅载韶华似水流，相逢隐见鬓丝秋。
少年风采依稀在，医界声名次第收。
解语为歌犹缱绻，多情与酒共淹留。
席间唯恨良宵短，欲待春深作胜游。

二

别后年光岂等闲，同窗欢乐未曾删。
校园花事三春梦，夜月螺杯几醉颜。
把臂高谈云水阔，扬眉笑傲旅程艰。
痴心不共风霜老，更向巅峰取次攀。

绮筵美酒，欢笑高谈，回忆同学乐事，展望大好前程，自信豪迈之气洋溢于字里行间，颇有感染力，堪称佳作，第二首更为出色。

马羣于词用力颇勤，尤其于中调、长调下了相当大的功夫。若论其风格与门径似与淮海、清真为近。长于铺叙，在遣词设色、抒情造境方面力求工丽深稳。下面我们先来欣赏《八声甘州·己亥寄远》：

记贺兰、身似岭头云，舒卷几倾心。忆朱颜年少，漫寻雁影，斜倚枫林。弹指欢期似梦，梦醒杳无音。揽镜看双鬓，独自沉吟。

不忍重游旧苑，过松溪花坞，君迹难寻。欲持杯赠远，愁酒不堪斟。问何时，西窗夜话，剩涓涓，流水奏鸣琴。登临望，寄离情处，春浅春深。

一段少年情事，悠悠道来，绵绵不尽，层次分明，脉络井然，深得清真笔法。本书书名或即来源于此，可见是作者精心之作。

《沁园春·己亥冬日澳大利亚一万五千英尺高空跳伞有怀》：

翠染晴岚，窗涵秀色，人在云天。望仙宫阆苑，羽衣缥缈，莲峰镜海，画景斓斑。羽翼都无，凭高自堕，万丈澄空一刹间。伞开处，有风摇双鬓，意绪千端。

无穷世路维艰，都似此，历经岂等闲。叹飘摇绝境，犹教难卜。伶俜只影，最是堪怜。欲借琼台，来分月露，凝就新诗向玉阑。恰回望，正鸥飞极浦，霞抹遥山。

上片写景如画，气势开张，色彩明丽。下片回眸人生，感慨万千，以景作结，饶有远韵。异国风光，高手风范，于此得到淋漓尽致的展现，允为力作。

《御街行·纪念孙中山先生诞辰150周年》（中华新韵）：

山河破碎家离乱，战火盛，苍生怨。香山一去浴腥风，无惧枪急炮险。驱逐鞑虏，废除皇统，钟响出霄汉。

三民主义先行看，伟略定，乾坤转。中兴华夏拢人心，挥动旌旗翻卷。英魂永驻，宏图遗志，承继千千万。

马翚在自序里说：近年随着对诗词的意义和价值的认识逐步深入，她的创作主题开始从自我感情的抒发转向对生活、对社会的关注。这首《御街行》乃至其他不少反映社会生活的宏大题材的作品，都显示出马翚这方面的努力与成绩。就这首作品而言，概括性比较强，思想性比较高，但表现手法稍显直露，如能增加必要的意象和生动的细节，感染力会更强。《宁夏医疗队奔赴武汉》在情景交融方面做得便很好：

庚子妖氛罩楚天，白衣人少最堪怜。

贺兰山下旌旗猎，黄鹤楼头鼓角传。

一袭征袍辉日月，千双素手战硝烟。

明朝驱得阴云散，我与诸君贺凯旋。

铺垫充分，情景交融，对仗工整，结句亦稳重。

《春浅春深》七律居多，佳句亦比比皆是。例如"临水樱桃红影静，穿花蛱蝶羽衣新。"（《咏春》）描摹清新，有老杜神采。"幸有峰高撑日月，好凭气壮正乾坤。"（《庚子饯春》）风骨遒劲。"紫嶂如屏天外起，碧波似镜望中浮。手摩红日留芳影，袖拂青云豁远眸。"（《游长白山天池》）设色工丽。"回廊待月清溪上，台榭藏春碧嶂前。"（《重游拙政园》）情韵甚佳。"月下清箫催暮雨，楼头香雾绕幽魂。"（《浣溪沙·可怜谁是送梅人》）意境清幽。"梦魂散落星千点，春信铺开羽一城。"（《鹧鸪天·雪中有寄》）写雪入妙。诸如此类的佳句俯拾即是，不胜枚举。

《春浅春深》还有一首古风《己亥元夕》，颇值得在此一说。

中天星斗送斜阳，长街十里华灯张。

雪霁初见梅枝暖，风回犹带软尘香。

碧霄初见玉盘来，银河已散密焰光。

一城谁种花千树，照得伊人形影长。

微步凌波彩袖拂，勾引春声动乐章。

万点芙蓉垂清露，溟蒙疑是水云乡。

忽闻楼台管弦起，一曲余音绕画梁。

无奈风光如转毂，可怜香霭露为霜。

我共东风一樽酒，醉看月堕横参商。

这首七古写上元之夜繁华热闹的景象，绘声绘色，历历在目。句法整齐，偶用对仗，音节响亮，朗朗上口。可惜在整部诗词集中古风太少了。五古全然没有，七古就只有这么一首，与其他体裁相形见绌。其实对古风的轻视，绝非个案，而是当代诗词界的普遍现象，即大家都不重视古风写作。一说起旧体诗，似乎就是格律诗，只有五七言绝和五七言律，根本无视古风的存在，即使承认古风，态度也颇为不屑，以为那些不讲格律、粗制滥造的东西就是古风。其实是大错特错了。我们不妨仔细看看古代那些大诗人比如李白、杜甫、韩愈、白居易、苏轼、陆游，哪个人的集子里古风不是岿然占据了半壁江山？反而是中晚唐那些小名家，从来不写一首古风，放眼望去，清一色的律诗和绝句。道理不用多说，只须看看这个现象就知道古风在古代大诗人心目中的重要地位以及古风对于成就一位大诗人所起的巨大的作用。可以说小李杜的地位不如大李杜，不是因为才华有所不如，而是古风这儿缺了一大块；刘禹锡才气超然，生前与白居易并称刘白，之所以后世名声不及白居易，同样是因为古风成就不如后者；韩愈律诗和绝句不及刘禹锡，之所以后世被视为超一流的大家，昂然进入李杜苏陆的行列，也只是因为他的古风有独特之处，如此说来，古风能不重要吗？我们当代人又有什么理由轻视古风的写作呢？

马犇的律诗和绝句已经达到相当的造诣，已经隐然有名家气象，若能在古风方面多下功夫，补齐这个短板，必将会有更大的成就，"会看丰标蠹邓林"云云则绝非虚誉。

（原载《朔方》2021年第12期）

简 介

江岚，男，河南信阳市人。《诗刊》编辑部副主任，《中华辞赋》副总编辑，兼任中华诗词学会常务理事等。著有旧体诗选集《饮河集》《相映集——六人诗词选》等。

词吟风月花堪比　笔写春秋梦不移

——浅析马翚诗词的创作风格

沈华维

　　"词吟风月花堪比，笔写春秋梦不移"，是马翚《贺四川文联现代艺术四百期》中的诗句，即可视为其诗词风格和写作状态的真实写照。马翚是宁夏诗词界的后起之秀，且势头强劲。她在工作之余，凭着对传统诗词文化的挚爱与勤奋，创作了大量文质兼美的诗词作品。其中有豪放也有婉约，有粗犷也有细腻，有对世态人情的观察与感悟，有自己的生活和思考，大都带着新鲜感，散发着时代的气息，体现着一位当代诗词作手的高尚情怀。这里只从品读的视角，浅析马翚诗词的创作风格。

注重立意切题，使作品有筋骨

　　宋代刘攽《中山诗话》曰："诗以意为主，文词次之，或意深义高，虽文词平易，自是奇作。"清代钱木庵《唐音审体》也说："以命意为主。命意不凡，虽气格不高，亦所不废。意无可采，虽工弗尚。所谓宁为有瑕玉，勿为无瑕石，盖必深知戒此，而后可言诗。"一首诗歌或一篇文章，需有中心思想，这个中心思想就是"意"。而诗词立意的好坏，是决定作品优劣的主要依据。诗人在动笔前，先要认真思考和锤炼，确立主题，而后用确切的形象的语言，正确地表达对某一事物的看法和对某些情景的感受，修辞手法和遣词造句，都必须服从表达中心思想的需要。马犇的诗词无论是游历、赏景、咏物，还是感事、抒怀、咏史，每一首作品都有鲜明的主题，读来明快，使人精神振奋。

马犇的作品立意鲜明，不晦涩。她始终站在时代的高度，站在广大人民群众的立场上，来表达思考，抒发情感。诗中美誉还是讽刺，赞成还是反对，都旗帜鲜明，亮明观点，发出正声，不模棱两可，不随风逐流。如《观长津湖》："江山初定日初明，才返家门又出征。远涉寒天驱敌寇，频穿弹雨作奇兵。青春浴血丹心壮，白发挥戈浩气横。身化冰雕垂史册，文章千古颂群英。"这首诗刻画了志愿军将士的不朽形象。起首两句，揭示了抗美援朝、保家卫国的时代背景，新中国成立之初，如日东升，在大批解放军将士即将解甲归田、建设美好家园之际，美帝国主义及其走狗将战火烧到了我国的家门口。为民族、为正义，将士们毅然决然跨过鸭绿江，作品虚实结合，夹叙夹议，聚焦"长津湖"这个极其惨烈的战役和群体形象，发出了千秋英烈必将名垂史册的心声，热情歌颂我军的气势胆魄和英勇献身精神。读了这首诗，当年志愿军的英雄壮举，烽火硝烟已历历在目。诗，可以铭史。诗人只有怀着强烈的家国情怀，才能用诗词去表现时代，讴歌时代。小题材在马犟的笔下，同样表现出鲜明的主题。我们看她的《鹧鸪天·春至常青村》："塞上江南天下闻，贺兰东麓有山村。背依青嶂沙尘绝，地傍黄河草色新。　　花片片，蝶纷纷，笑声时与快门频。宜将诗赋酬佳处，可恨文思不解人。"这首小词简洁流畅，平实质朴，画面感、代入感强。透过贺兰山东麓一个小山村的春天景象，折射出绿色生态文明建设的实践成果。色彩分明，动静相生，借助摄影者的镜头而实现了视角的转换，全诗视野顿为开阔，赞美家乡的自然生态和美丽风光。

马犟的作品立意切题，不游移。"诗不着题，如隔靴搔痒"（宋·阮阅《诗话总龟》）。立意犹如射箭之靶心，谋篇结构遣词须有的放矢，直中靶心。离开题旨，跑题、偏题的无"意"之作，必定神情涣散，杂乱无章。马翠的诗词作品在这方面做了有益的探索。

注重融入情感，使作品有温度

清王夫之《姜斋诗话》曰："含情而能达，会景而生心，体物而得神。"诗文之事，常常缘于景，动于景，融于景，然后让读者在欣赏景物的美好之时受到感动和启发，因景而情，因情悟景，情景不分，才会写出好诗来。写诗，就是要写出真情实感，有情感温度的诗才是好诗。马翠的诗词善于把情感寓于人间万象之中，化成表达特定对象，或直抒胸臆而壮怀激烈地高歌，或寄托幽思而柔曼地低吟，或激越或平淡，或明显或暗含。因此，她的诗词每作皆情感丰富，托事发思，不空洞、不虚假、不做作。如《浣溪沙·交警姑娘》："道路明灯转绿红，谁挥手势尽从容。英姿婉转更匆匆。　　身在一方寒暑里，心牵万户险危中。只将意气傲东风。"风云气和儿女情，都是生活中不可或缺的内容，也都是当代诗词不可或缺的抒情旋律。这首小词就把二者很好地融为一体，交警姑娘在平凡的岗位上，不计风霜雨雪、严寒酷暑，一个潇洒手势，一个从容转身，在疏导道路交通的同时，也把温暖带给了路人、带给了社会。词中饱含着浓郁的生命气息和价值体现。

注重细节描写，使作品有活力

马犇的诗词中有许多写高角度、大题材、大场面的作品，但她在表现手法上善于从小处、实处、具象处着手，在寻常事物中捕捉灵感，在司空见惯的现象中发现闪光点，以小见大，见微知著，让诗言之有物，情有所寄，意不走空，使作品充满了活力，极具感染力。如《"人民楷模"治沙英雄王有德》："披霜裹露几春秋，心底芳洲漠野求。滴汗成霖肥厚土，开田播绿染荒丘。草方格里乾坤大，西北风前岁月流。纵有最高荣誉在，治沙不尽事难休。"这首诗将一个治沙英雄顶天立地、脚踏实地的光辉形象呈现在世人面前。"披霜裹露""滴汗成霖"，展现了英雄的真实生活；而"西北风""漠野""荒丘"既是自然景象，也是人们征服的对象，折射出创业之艰辛和意志之坚定；"草方格"这个细节不可替代，这是治沙造林的神器法宝，也是治沙人的发明创造。结尾处笔锋高振，展示了治沙英雄始终把事业看得高于一切，矢志征服自然，报效人类的决心坚定如初。同时表达了诗人对治沙英雄的高度信任和由衷敬仰。没有豪言壮语，没有奢华辞藻，能让人从"有形"中看到"无形"，这就是张力。我们再来看她的《山中有怀》："夜宿春山抱月眠，幽禽断续隔云烟。相思直欲问消息，已是疏星落晓天。"春天的山林中，恰如世外桃源，碧空明月婵娟，清辉不减；窗外幽禽断续，如歌如诉；枕上相思不寐，直到天明。如此星月无声，长夜朦胧，令人感慨丛生。然此景因谁而设，此情因谁而表，只可意会，不可言传。诗中的几个动词"抱""隔""问""落"，也是几处细节，用得生动传神，平添情趣。小诗宛转绸缪之境，尽在其中，只是剪影描摹，不直接说破，含蓄有味。唐人张仲素《燕子楼三首》云："相思一夜情多少，地角天涯未是长。"马犇此诗与古人佳构时空互通，有异曲同工之妙也。

（原载《朔方》2022 年第 8 期）

简　介

　　沈华维，宁夏永宁人。退休干部，大校警衔。中华诗词学会顾问，中华诗词学会原副会长兼组织联络部主任。有《问心斋诗词集》《沈华维诗文选》等出版发行。

时有春风近

——马翚诗词读后

林　峰

　　"时有香风近，随君认早梅"（《癸巳冬日初见蜡梅有忆》）。此为塞上著名女诗人马翚女史之佳构。每读马翚诗词便似有春声过水，浮青皱绿；凉风拂面，清新爽朗。一如塞上之春最是骀荡轻快，简淡舒徐。且读其诗"碧空谁染紫云光，一夜东风到玉堂"（《元日》）。元日诗历代作手无数，今人再写便很难出新。而马翚则巧避前贤窠臼，从天上写到人间，由人间再至身前，真正的异想天开，佳境浑成。再读"光飞秀色明，梅动天香暖"（《卜算子·十九届六中全会谨依周文彰会长韵》）。出句明媚，立意高远，"梅动天香"则一语双关，有花满神州之意。盛会序幕亦于一片光辉灿烂之中缓缓拉开，令读者前景可期，前程在望也。

　　山谷先生尝云："诗文不可造空强作，待境而生，便自工耳。"今有马骍诗词为证："……世路清风劲，骚坛紫气萦。会当生羽翼，长啸向天鸣"（《敬和马凯同志贺中华诗词学会五代会召开》）。时事作品，题材宏大却易落入俗套，人云亦云。此间诗人皆以景语出之，便可省却许多熟语，此为诗人高明处。清风紫气是谓当今盛世昌隆，社会祥和。而最妙还在结拍两句，诗人不甘蛰伏，直欲腋生两翼，腾空而去，何其清雄豪迈，气概凌云。再读"衣单浑不惧，远赴大江东""炮催孤胆壮，血染战旗红"（《冰雕连》）。诗咏志愿军战士不怕牺牲，卧冰融雪之英雄壮举，"炮催孤胆""血染战旗"一联，不唯对仗工稳，而且杀声震天，气壮山河。又读"莫谓群星非健体，须知赛道尽豪雄"（《贺北京残奥会开幕》）。有此两句则残奥主旨顿现，残障运动员自强不息、勇于拼搏之个性风采亦鲜活在眼。伤残非本意，雄强在自身。

"奈何风雨作，辜负探梅情"（《赴林屋梅海未能成行》），则是马骍抒情色彩之具现，显得幽婉真切，意致深浓。可见塞上风光不独大漠孤烟，西风烈马；塞上女儿亦不唯雄姿壮采，红装威武。再如"唯有站台今不忘，笛声频唤远行人"（《寄远》），写来情深一往，思绪绵邈，诗中站台与笛声之典型意象选择，可谓诗人匠心别居，另有深意。又如"心意远，更何时，重对锦屏"（《声声慢·石榴》），该词明写果中石榴，暗抒一己之怀，用的是借物抒情，不言情而情自胜也。

其他如"银龙梅岭待，玉镜鸟巢新"（《喜迎冬奥》）、"玉笛风寒细雨飞，鼎炉香绕楚辞回"（《浣溪沙·汨罗江谒屈子祠》）、"苦吟风月并诗瘦，高卧云霞偕梦寒"（《鹧鸪天·谒房山贾公祠》）等，或俊秀，或空灵，或辽远，或深幽，皆可读可颂，可圈可点。无论写景抒情，叙事赠答皆言之有物，恰到好处，且时有奇想，豁人眼眸。马翚女史得塞上山水之滋润，银州风物之涵养，又正值青春正茂，灵思飞动，假以时日，必有精进也。

（原载《诗刊》2022 年第 10 期）

简介

林峰，中华诗词学会常务副会长兼评论部主任、中华诗词杂志社常务副主编，中国作家协会会员，首都师范大学特聘教授，上海大学中华诗词创作研究院副院长。出版《一三居诗词》《花日松风》《古韵新风·林峰卷》《一三居存稿》《人面桃花相映红》《难写瞿塘两岸山》等诗文集。

山水又一程　胜景在远方

——马翆诗词评述

张　嵩

2021 年 5 月，马翆出版了她的第一部诗词集《春浅春深》，转眼三载有余，她在诗词创作的道路上并未因前期取得的成绩沾沾自喜、停滞不前，而是更加奋力地披荆斩棘，执着前行，终于使她的创作之路越走越宽广，越走越顺畅，作品也愈加成熟，这一切皆缘于她的禀赋、她的才气，当然最重要的还是因为她的勤奋和感悟。就近几年来她的诗词创作发生的一些变化及其探索，我从四个方面做以分析。

一、时代性与精品意识的契合

当今诗人的写作都离不开我们这个波澜壮阔的伟大时代，诗人笔下的诗词内容所表现的必然是新时代的精神特征，记录的是新时代的社会风尚，借助的是新时代的广阔背景，描绘的也必定是新时代的人情物事。马翆的诗词创作真正起步于 21 世纪初的第一个十年，这期间她写下了大量作品，新时代的印迹十分明显，在《春浅春深》中都能找到大量的例证，但许多作品尚在自我意识的觉醒之中，没有深刻地反映和揭示出时代的本质特征、思想观念及价值取向，也就是说精品创作的意念还没有充分凸显出来。而进入21世纪20年代，这种情况就发生了很大改观，随着创作的日渐成熟，作品中的时代感愈发强烈，精品意识在创作中也逐渐占据主导地位，不再是无绪的写作，基本完成了由一个自由写作者向诗人的转变，至此写作的社会责任感与担当成为主体。时代性主要体现在对一些重大题材的把握上。如《观长津湖》："江山初定日初明，才返家门又出征。远涉寒天驱敌寇，频穿弹雨作奇兵。青春浴血丹心壮，白发挥戈浩气横。身化冰雕垂史册，文章千古颂群英。"《长津湖》这部电影反映的是抗美援朝时期志愿军战士在极寒严酷的环境下，凭着钢铁般的意志和英勇无畏的战斗精神，最终扭转战场态势并取得胜利的故事。战事虽然过去了70多年，但在当前的大背景下，依然有着深刻的警示和教育意义。诗人敏锐地意识到这一"革命精神"的时代重要性，饱含深情地描绘了志愿军战士丹心浴血，"身化冰雕"，服从命令、视死如归的感人形象。

情融诗中，诗以"象"立，气韵浩荡。能把这类题材写得毫无政治术语实属难得，足见诗人对"情"对"景"两相交融而不留痕迹的独特写作手法。再如《浪淘沙·致敬航天人》："一梦越千年，此际何圆。神舟已上九重天。别样英姿辉日月，玉宇欢颜。　　同力绘新篇，每向人前。几多风雨笑中看。浩气填胸情渐拓，铺到诗边。"细读此篇词作，神舟飞天，似在眼前；"浩气填胸"，雄视九天，似有无限情愫在词里涌动。历来写作"神舟"的诗词不胜枚举，但这篇作品不落俗套，以"别样英姿辉日月，玉宇欢颜"着笔，实则彰显的是一种自豪与自信，"神舟"的力量在词中、在文学中魅力尽显。新时代新征程，一切生发在这个时代的美好事物，皆是诗人抒写的对象，把重大题材化为诗的优美语言，不仅驾驭自如，又能写出水准，不是很容易就能够做得到的。修身、修养，炼字、炼词，功夫不到，就难以下笔成为佳作，更遑论精品。精品还须胸襟广大，视野开阔，与时代同频共振，两两契合，方能上得"高楼"。诗人笔触还深入到了田间地头，沧海桑田的变化也是时代的内容之一。如她在《南歌子·金鸡坪梯田》中写道："岭叠千重碧，烟凝万壑春。金鸡护佑茹河人。管领彩田如画、四时新。　　蝶乱芳菲影，枝横雨露痕。坡衔玉带鸟衔云。遥见指纹环布、壮乾坤。"梯田叠翠，犹如"坡衔玉带"；"蝶乱芳菲"，恰似万壑凝春，新农村建设的景象栩栩如画，美不胜收，使人流连忘返。

以上所列举的诗词作品，皆体现了诗人的创作水准，堪称精品，不再是随心所欲、漫无目的的写作，而是用情铺陈、精心描摹，在对新时代背景下大事件、大场面的理解、感悟上浸润着诗情画意，融入了无限情思，不能简单地看作是歌颂或者赞美之词，而应理解为是歌以咏言，言以抒怀，使时代的特性与精品的审美相契合在一起的现实主义创作，是一种艺术的体验与追求。

二、边塞性与地域局限的破解

宁夏自古以来地处边塞，《诗经·小雅·六月》《诗经·小雅·采薇》等经典作品就有关于宁夏这片地域环境的描写，至秦汉隋唐时代，更有许多诗人为宁夏这块土地留下了不朽诗作，多是涉猎战争题材，或从军戍边，或征夫怨妇，苍凉、愁苦、凄绝。也有诗人描绘塞上江南美景的，黄河灌溉、阡陌纵横，但内容毕竟受到历史的局限。新中国成立后，宁夏诗人在继承传统的基础上举起"新边塞诗"的旗帜，立足现实，创作出了大量具有宁夏特色的优秀诗词作品，不再囿于旧日意象，在形式与内容上都有所突破。尤其是进入新时代，有关宁夏题材的诗词作品内容更加丰富多彩，境界更加广阔辽远，一批中青年诗人的作品脱颖而出，不仅为宁夏的高质量发展锦上添花，而且走向全国与高水平的诗人词家相唱和，产生了积极影响，引起关注。马羣就是其中的代表性诗人之一，她深知地域性创作的重要意义，努力探索，不断进取，在传统中自觉破局，在守正中开拓创新，写下了大量诗词作品，可以被视为是新边塞诗词在新时代的精品力作。如《渡江云·沙湖》："晴空云洗碧，烟凝远岫，玉镜落平沙。万顷鳞波皱，水暖鸥浮，翠色点蒹葭。船行波上，犹疑是、误泛仙槎。中有岛、翩跹千羽，掠眼影横斜。　　堪嗟。金沙铺韵，碧水涵光，共洞天如画。凝情处，心随征雁，梦逐飞花。新词欲赋湖山好，奏鸣曲、吹向千家。回首望，飞舟正引烟霞。"沙湖是宁夏著名的一个新景点，沙与水相互映衬，塞外雄奇的风光中蕴含着江南灵秀，景色独特优美。前人没有写过此等景致，马羣以独到的眼光由远及近，向人们展开了一幅七彩斑斓的画面："烟凝远岫，玉镜落平沙"，万顷碧波，"水暖鸥浮"，芦苇摇翠，岛上鹤舞，"船行波上，犹疑是、误泛仙槎。"真个是烟凝玉镜，景物传神，船过此中，似在天上人间一般。下阕更将人们带入了一个新的境界："新词欲赋湖山好，奏鸣曲、吹向千家。回首望，飞舟正引烟霞。"情感延续，意绪飞扬，使人们真正能够从词里感受到塞北之襟韵、宁夏之惊艳。再如《金缕曲·秋日游黄河金沙湾》："百里金沙暖。卧龙盘，口衔珠翠，鳞波翻转。谁造乾坤玲珑境，秋水长天香满。沉醉处，花枝人面。欲把韶光长挽住，相机忙，声断情难断。风渐起，轻绡软。　　诗怀玉色难裁剪。忆旧游，望涛楼上，眠鸥河畔。抛却离愁和清梦，春去秋来不管。但留取，童心一片。好趁年华神气在，借金风、再送心舟远。莫负了，看花眼。"金沙湾是黄河进入宁夏形成的最大一个"乾坤湾"，景色异常壮观，气势尤为恢宏。诗人将这里看作是"卧龙""衔珠"之地，"乾坤玲珑"之境，疏通文气，开合呼应，极尽渲染，抒发了自己的情怀。结尾处气韵高扬，"好趁年华神气在，借金风、再送心舟远"，正所谓"吟咏所发，志唯深远"（刘勰《文心雕龙·物色》）。诗人与词虽属宁夏，但又不限于一地一隅，更无旧时边塞诗的荒凉冷漠，词里词外洋溢着新时代的勃勃生机，显现的是外延无限，激情无限。

三、普遍性与女性特点的互动

诗词创作要遵循文学的普遍性规律。诗人创作通过语言的运用来表现自己的思想情感并逐渐形成自己的创作风格，这就是普遍性，亦可认为是共性。当然诗词更多的还是要追求个性、讲究特殊性。任何事物都是共性与个性的统一，普遍性（共性）寓于或存在于特殊性（个性）之中，个性体现共性，作为文学门类的诗词自然不能例外。马翠诗词创作的个性更多地体现在她的女性特点写作上，含蓄、内敛、婉约、绮丽。如《塞上中秋》："不负屏前约，花边共酒边。清辉明笑靥，新句落云笺。看尽烟霞色，携回翰墨缘。韵香浮动处，人月两婵娟。"把本是爱情的缠绵写得清新脱俗、风韵天然。"不着一字，尽得风流"（司徒空《诗品》）。再看《山中有怀》："夜宿秋山抱月眠，幽禽断续隔云烟。相思直欲问消息，已是疏星在晓天。""夜宿秋山"，抱月而眠，实则不得眠，以月为意象，寄托相思之意。似乎"山中"成了"闺中"，场景虽变，但女性的柔情未变，想念的空间却更大了，"消息"二字愈发使人动容。在景物的描写上，个性化特征显明，以物自喻，拟人手法，把女性的婉柔、玉洁融汇其中。如《临江仙·咏荷》："柳外烟横池镜晚，谁擎翠盖亭亭。玉裳摇曳粉妆轻。夜香风里远，花月碧中明。　　衣边频送疏凉意，倚栏心事堪凭。露华更洗梦魂清。但余冰骨在，踪迹任飘零。"《定风波·鸣翠湖荷花》："素玉新开月下池，凌波照影两三枝。翠盖倾翻仙人露，且住，莫惊帘下说相思。　　舞倦霓裳香雾冷，沉静，冰魂消得几多时。梦绕瑶台归未去，愁绪，夜凉无寐有谁知。"两首词作，一读便知其物、其人、其意、其境，"冰骨""梦魂""霓裳香雾"，看似"冰骨"高冷，仿佛隔着一层"香雾"，实际上则是内心温暖，常怀思恋，只是没有遇到知己之人罢了。共性中显扬个性，尤其是女性特质，达到了两者既统一又互动的功效。若是泛泛之词，岂能才思绵绵，是难以结出此等硕果的。纵观马犇的诗词创作，尤其是词，女性特征尤显，这也是自身属性自觉与不自觉间的正常反映，无须过度解读，我们在这里只看诗词的美感及其影响。或许作为女性诗人其才情的敏感度可能更高，个性更注重寄寓情感、向往沉静。感性的认识通过理性的升华，使诗人对生活的思考与感悟在诗词中得到比较完美的体现，最终也使诗人从为纯粹的写诗而写诗到为人生为理想而写诗的个体转变，自我意识不断觉醒。

四、文学性与字词运用的探求

文学的本质，通常被认为是一种语言的艺术，诗词尤其如此。一首诗的优劣，重点就是要看其有无文学价值、艺术水平及审美基准。我们通常所说的诗词，一般都是按照格律来作要求的（古风体除外）。格律是最基本的门槛，它就是为审美需要而设置的，形式在这里也很重要，不能够忽视，因为它是必要条件。当然诗词的内容就是要在遵守格律的前提下，必须具有阅读性、欣赏性、审美性，亦即文学性，否则，作诗填词就失去了意义。之所以能够称得上是"诗人"，其作品的文学性是首要而必备的条件。自娱自乐，随心所欲作诗并且多是"老干体""口水诗"的写作者一定不是真正意义上的诗人。时代特点、思想表达、感情色彩、语言能力是构成诗词文学性的主要成分。在这里我着重分析一下马翠诗词的语言特点。

一是新词语的使用上。诗词的时代必是时代的诗词。时代发展，与时俱进，诗词的意象也在不断发生着变化，再不能因循守旧，沉湎于旧有的意象之中犹豫徘徊。马翠是新时代的诗人自然懂得这个道理，她也在尝试使用新词，使诗词更鲜活、更灵动。如她在

《彭阳红梅杏采摘》的七律中写道："登盘杏果名何限，入口梅浆味不穷。带货好凭宣播远，福音赖有茹河通。"就使用了"带货"直播等新词语，时代气息洋溢其间，对新一代农民熟练借助网络科技推销农产品的做法大加称赞，新时代田园诗的韵味由此变得深长。再如《浣溪沙·元日登高》一词中写道："花雨未央夜未阑，宝车争向贺兰山。莲花峰上览奇观。""宝车"应是新词，不同于古代的"宝马香车"。驾车登山，争睹奇观，反映了当代人生活的情趣及对美好生活的向往，展现和记录的是时代风貌，符合文学性的原则。诗人在《水调歌头·南湖红船》中写道："舟内核心甫定，灯下强音频起，旧厦务须倾。"写的虽然是一百多年前的"开天辟地大事变"，在用词上不难看出也是受了时代的影响，"核心""强音"等，都是在显示着一个无产阶级政党的信念和力量，铿锵有节，震撼有声，"敢使鬼神惊"。新的词语的使用，是诗词创新发展的一个必然趋势，不仅能使人耳目一新，也会带来时代的冲击波、认同感。

二是对仗语言的运用上。律诗的文学性和深层意境主要看中间两联的对仗，它尽管是一种修辞格式，但体现了诗的均衡美、形式美与艺术审美。马犟律诗中的对仗颇有文学色彩与意蕴，词语的运用考究、协调，是下了功夫的。现举数例。"烟沙连野阔，苇鹭绕湖低。望远新晴里，吟诗古柳西。"（《黄河湿地公园》）。"羽衣匀黑白，风影自婆娑。昔日填河久，今来报喜多。"（《喜鹊》）。"吴苑落梅声宛转，蜀山敲竹影婆娑。魂归江海兴无尽，身瘦田畴意若何。"（《冬雪》）研读每首诗中的颔联与颈联，感受必定为句式的优美所震动。在词性搭配上就能够看出，若是颔联起头用了名词，颈联必是动词或形容词，若是颔联起头用了动词或形容词，颈联必是名词。相互交替，从而避免了四平头与词性的单一，吟诵起来也是节奏起伏顿挫，两联各有变化，并无呆板迟滞，这就是律诗和谐之美、节奏之美、音韵之美、文学之美。正所谓"诗者，吟咏情性也"，"故其妙处透彻玲珑不可凑泊，如空中之音、相中之色、水中之月、镜中之象，言有尽而意无穷"。（南宋严羽《沧浪诗话·卷一·诗辨》）

三是化句、典故的借用上。马睪的诗词中有一些"化句"，就是把古人的诗词句子活学活用、恰到好处地化入到自己的诗词之中，并赋予其全新的含义，让诗词更加充满激情与魅力。如《夏日至望山红农场》

首联："贺兰天日好，山下果园成。"就是化用了唐代韦蟾的"贺兰山下果园成，塞北江南旧有名"之句，以此铺陈引申出了今日塞上远比旧时更为美好的景象。再如《小重山·夔门秋色》中有"古今多少事，共飞鸿。一江诗句任从容"，分别化用了明代杨慎和宋代苏轼的词句，十分自然，把夔门的秋色融入历史进程当中，愈显气势宏博，言尽而意蕴无穷。又如《南歌子·落霞》词中有句"有待清风拂槛，彩云归"，也是分别化用了李白的"春风拂槛露华浓"和晏几道的"曾照彩云归"的名句，两句在词中相互映衬，使"落霞"添彩，词意隽永。在典故的借用上同样显得驾轻就熟，深婉别致。如《参观南昌八大山人纪念馆有作》中"醉里染濡无尽也，醒来哭笑两由之"，对朱耷笔名八大山人典故的巧用。在《剑门关》中"丞相智谋成旧迹，谪仙诗句在危巅"，对诸葛亮用兵，李白题诗典故的分享，皆是意中含远境，诗里有深情。此类情形还有《采桑子·感动中国人物叶嘉莹》句"桃李缤纷，词海凌波比洛神"，《满庭芳·雪霁后观黄河壶口冰瀑》句"行遍茫茫禹迹，浪淘尽，千古英雄"，等等。马翠研习古诗，博采众家，撷字拾句，布设新意，巧妙化用，自成境界，展示了她穿越时空、融合古今的作诗填词技能，也正应了杜甫"不薄今人爱古人，清词丽句必为邻"的名言。

马犟诗词还有多样性与个体作用的发挥，探索性与不断创新的尝试等等特点，在此不再赘述。总之，马犟的诗词创作在稳健地走向成熟，有自己的思考，有自己的独创，使诗词具有了文学的价值，这些都是其所以能够成为诗人的关键因素。山水又一程，胜景在远方。哪怕经历千山万水，但壮美的景色依旧在遥远的地方，人生的每一个驿站都有绚烂的彩虹在等待着诗人，谁能撷取更多的彩虹谁就是王者。愿天下所有的作诗填词之人风雨无阻、一路前进，把更多更美丽的彩虹植入到自己所钟爱的诗词之中，最终使其绽放出人生璀璨的光焰。

（原载《心潮诗词》2024 年第 6 期）

简　介

　　张嵩，宁夏固原人。中国作家协会会员、中华诗词学会常务理事兼创作委员会副主任、第八届宁夏作家协会主席团委员、宁夏诗词学会会长、宁夏毛泽东诗词研究会会长。出版诗文集《遥远的岸》《渐行渐远集》《散落的羽片》《温暖的石头》《诗化留痕》《固原》等。

雅韵浓丹笔　荷风入宋词

——读马犟诗词集《春浅春深》

杨建虎

　　马犟是近年来宁夏诗词界涌现出来的一颗亮眼的星星，她的诗词集《春浅春深》于 2021 年由阳光出版社出版，也是她诗词创作的一个集中展示和阶段性总结。《春浅春深》收集了马犟发表于《诗刊》《中华诗词》《朔方》《飞天》《黄河文学》《六盘山》《夏风》等刊物上的诗词作品 260 余首，共分为 9 个部分：迟日江山丽、秋色正清华、风光塞上好、山水多奇踪、冰心在玉壶、感时花溅泪、眼前今古意、千里共婵娟、风正一帆悬，题材涉及春光、秋景、行旅、时事及塞上风物等方面，诗人或激情高歌，或感怀忧思，或温柔抒情，情景交融，托物言志，显示出她诗词创作的整体风貌和鲜明特点，内容丰富多彩、刚柔相济，呈现出清朗隽永的艺术风格。

一

马翚出生于山东郓城，后辗转来到塞上江南宁夏银川工作，她的职业本是医生，但她对中华诗词的热爱由来已久。小时候她的爷爷教她背诵古诗，逐渐喜欢上诗词，后来刻苦钻研诗词知识，并开始诗词创作，由自我情感的抒发到对社会生活的关注和表现，显示出一个诗人的社会责任和开阔视野。初春乍暖还寒之际，捧读马翚诗词集《春浅春深》，更能感受到这位来自山东才女的古典唯美与深沉含蓄的情怀。马翚在《荷风》一诗中如此写道——

暮云衔落日，秋雾起龙池。
追梦清香远，凝情粉蕊痴。
孤茎邀淡月，乱影碎仙姿。
雅韵浓丹笔，荷风入宋词。

暮云、落日、秋雾、龙池、孤茎、淡月、碎影、仙姿、荷风，这些密集的意象，飞翔的词语，足以把我们带进一个充满诗意的世界。诗人展开想象的翅膀，以传神之笔描摹自然的神奇。显示自己的艺术天赋和情趣修养。元代文学家杨载在《诗法家数》中强调："写景要雅淡，推人心之至情，写感慨之微意，悲欢含蓄而不伤，美刺婉曲而不露，要有三百篇之遗意方是。"马犇的诗词典雅蕴藉，雍容不迫，文脉贯通。她善于状物抒怀，以传神之笔写出美的事物。如《春》一诗，短短几句，就勾画了一个美好的场景——

为有桃花约，来探岭上春。
林扉关又启，可是梦中人。

马犇的这首春天诗，正是特定环境中产生的情致兴味，此时的诗人，赴一场桃花之约，借物思人，短短几句，但把岭上的春天描绘得十分传神而美好，这也是诗人志趣所在。宋代诗人张戒在《岁寒堂诗话》中说："诗人之工，特在一时情味。"马犇善于描写春、夏、秋、冬的平凡事物，通过特定的物象表现四季的变化，充满诗情画意，其中寄托着自己的真实情感和精神追求。

生活在现代社会的马犇立足脚下的土地，关注现实，或感古怀今，或直面生活。在《贺兰岩画》一诗中，诗人如此抒怀——

大漠烟尘静，贺兰余韵深。

岭回三百里，画刻九千寻。

举目撷风趣，凝神忆古今。

谁留刀笔妙，问取史前人。

　　这首诗立意高远，情景交融，在感事中抒怀，富有情趣，诗人立足塞上，用手中之笔，写出贺兰山岩画的神秘之处，辽远静穆的群石之上，各类象形符号诠释人类生存的气息。驻足于此，我们会静静阅读那些风烟中的文字和图像，伴着大漠烟尘，凝神忆古今。

　　每年的高考都是牵动万千人心的大事，也牵动着全社会的心。在《丙申高考》一诗中，诗人以朴实的语言铺陈开来，结合作为母亲的切身感受，写下令人感叹的诗句——

夏初六月夜犹凉，学子三更弃梦乡。

十载寒窗磨利剑，一张考卷试锋芒。

辣妈求胜旗袍艳，交警护行通道长。

劳苦辛酸皆莫问，但凭金榜耀星光。

生活是诗的源头活水，作为一个诗人，马犟没有失去对日常生活的敏感和发现，这使得她的诗歌有了对现实的观照和反思。马犟的诗歌关注现实，以人民为中心，唱响时代的主旋律。如《治沙英雄王有德》一诗——

披霜裹露几春秋，心底芳洲漠野求。
滴汗成霖肥厚土，开田播绿染荒丘。
草方格里乾坤大，西北风前岁月流。
纵有最高荣誉在，治沙不尽事难休。

这首诗既写人，又咏物，将身边的治沙英雄王有德形象呈现在读者面前。治沙人发明创造的"草方格"，在西北风前显出独特的作用，而治沙英雄"披霜裹露""滴汗成霖"的形象栩栩如生，这也反映出人类不断改变环境、追求与大自然和谐共生的不竭努力。马犟在节奏匆忙的现代社会怀揣一份难得的古典情怀，构筑和守护自己的心灵家园，已经难能可贵！

二

马犇的诗词集《春浅春深》中以词居多，我喜欢于春日阳光慵懒的午后，借一杯浓茶，品读她的这些五彩斑斓的词章，恍若进入宋词的意境——

斜阳影里，草迷徊路，看千山、衔云宿雾。沟壑空明，有茅舍、枫红初布。柏枝头，鹊儿来往。

秋思一度，闲愁一度，更钟情、岭前花坞。云扯松风，起青袖、孤姿独步。倚寒烟，倩谁相顾。

——《解佩令·秋行贺兰》

这就是马犇笔下的贺兰山的秋天，斜阳、徊路，千山、宿雾，这里，有茅舍，有零星的红色枫叶。而诗人却陷入深深的秋思中，点点红绿处，滴滴闲愁情。诗人的情绪缠于内心的愁思。通过景与情相互衬托，使读者陷入浓浓离愁而无法走出。

古往今来，秋天使多少文人墨客魂牵梦绕，生命在西风中呈现或华丽或感伤或愁苦或悲壮的色彩。范仲淹的秋天是"塞上秋来风景异，衡阳雁去无留意"，充满着西风的呼啸，驼马的嘶鸣，南归的雁连头也不回就飞走了。那时候，"人不寐，将军白发征夫泪"。柳永的秋天，则是"寒蝉凄切，对长亭晚，骤雨初歇""杨柳岸，晓风残月"。离愁别绪中的伤感，"更与何人说？"时至今日，诗人马翚更是传承了这种"离愁别绪"——

月冷星寒，风催归雁，碧梧初老枝头。看霓虹明暗，逝水东流。谩叹湖边瘦柳，空曳曳，欲语还休。箫音起，西窗煮酒，又祭清秋。

休休，岁微物谢，千万遍轮回，未可强留。更蕊飘香砌，烟漫层楼。多少离情愁苦，挥不去，犹待回眸。流连处，魂牵梦萦，另是新愁。

——《凤凰台上忆吹箫·秋祭》

深秋几度风雨，梧桐茎黄叶枯。月冷星寒之夜，诗人借酒浇愁，叹万物轮回，匆匆流逝。"多少离情愁苦，挥不去，犹待回眸。"让人们感受其中蕴含的沉重的离别之痛，以景染情，显出独特的艺术美。

当然，马翚笔下并非只是一阵秋雨一阵凉，一阵秋风一阵寒，她心中的春天更是惹人爱恋——

春夜静，月空明，袅袅琴音到二更。欹枕沉吟心已远，浅眠邀梦与君听。

——《捣练子·春夜》

塞上春来风景好，杏桃竞放莺声袅。碧柳为墙云水抱，湖心岛，明珠坠落三星照。

晴岸暖沙铺绿草，烟波白鳞浮归棹。身健古来为至宝，人尽道，光阴难得催人老。

——《渔家傲·春到永康岛》

春日迟迟，但终于来到。春夜、月明、琴音、花香、浅梦，这一切都让人迷恋，让人领略到词的深情和隽永。塞上的春天，在永康岛，有湖水荡漾，碧柳依依。作为一名医务工作者，她更期望人们拥有健康的人生，"人尽道，光阴难得催人老"。这是多么美好的愿望和祝福！

在这些词里，马翠将自然人化，使自然物象更为生动、可亲、和谐。让人深切感受到"诗是有声的画，画是无声的诗"，也体现出主体与客体、感性与理性、再现与表现、情感与理智的和谐统一。

三

最后再说说马辇诗词的艺术特点吧。

宋词有豪放和婉约之说。王国维先生的《人间词话》中更是标举了"境界说"，他说："词以境界为最上。有境界则自有高格，自有名句。五代北宋之词所以独绝者在此。""境非独谓景物也，喜怒哀乐，亦人心中之一境界。故能写真景物，真感情者，谓之有境界。否则谓之无境界。"马辇的诗词继承了中国诗学的艺术传统，在"境界"中"意会"，在"意会"中求得"味外之味"。诗人将客观景物经过思想感情的熔铸，凭借艺术技巧创造出情景交融的诗的境界。

萧萧风起，纤纤云淡，长恨鹊桥就晚。经年才渡巧夕缘，冷烟里，分襟晓箭。

佳期如梦，别情迷乱，又惹一腔幽怨。何时银汉换冰蟾，教情种，夕夕有盼。

——《鹊桥仙·丁亥七夕》

苍茫沃土云天，黄龙劲舞凌霄汉。昆仑瑞雪，祁连秀水，回环宛转。古往今来，激流咆哮，狂澜翻卷。看中华神脉，气吞四海，声势壮，惊人眼。

峭壁玉壶垂岸，泻琼浆、雪喷银溅。瀑悬百尺，浪鸣千里，虹飞雾漫。有遇冬寒，冰凌齐挂，玉珠熠灿。引游人墨客，浓描重抹，送风情远。

——《水龙吟·黄河壶口瀑布》

这两阕词章，前者婉约，后者豪放，但都满含滋味和韵味。追求一种超越感官和感官经验之外的含蓄美、本体美。诗人所造之境，合乎自然，又有极强的想象力。是诗人对审美对象观照、反映的结果，将自己心中的幻思表现得惟妙惟肖。触物以起情，索物以托情，表达诗人的一种微妙而深沉的思想感情，也显示出独特的审美价值。刘勰的《文心雕龙》中写道："神用象通，情变所孕，物以貌求，心以理应"，这种中国古典艺术理想的美至今仍是我们诗写者孜孜以求的。

"天人合一"既是中国古代文人生命理想的最高境界，也是中国古代文学最为完美的艺术境界。马犇的诗词中，也有这样的追寻——

夜宿秋山抱月眠，幽禽断续隔云烟。

相思直欲问消息，已是疏星在晓天。

——《山中有怀》

岭上花开几万枝，恣情户外正当时。心与春光共烂漫，自难持。

暗动馨香风两袖，归飞鸥鹭羽一池。独上险峰寻画意，好成诗。

——《摊破浣溪沙·春满人间》

贺兰有翼散风寒，东暖晴川。黄河九转葡萄密，翠波起，潋滟无边。万树繁花照水，千层晓叶生烟。

夜凉霜染艳阳天，玉润珠圆。焚身滴血凝琼液，酒香浓，誉满尘寰。天赐一方沃土，风调百世华年。

——《风入松·贺兰东麓葡萄长廊》

这些诗词，注重描摹自我的审美心境，倾向于表现人与自然的相互交融，追求人与万物的相互调适、和谐相处的境界，寄托了诗人的理想情趣。马犟以自己独特的视角，写眼前景、身边事，力求用含蓄典雅的语言来表现主题思想，来表达自己对大自然的热爱，以及对生活的感悟。当然，马犟在诗词创作中特别注重意境的营造，《山中有怀》中"秋山""月眠""疏星"这些意象的出现，都是在勾画一个山中寂静之夜，表现的是相思之情，把读者带入一种高雅、深邃、悠远的境界。同时也是诗人的主观思想感情和客观事物相融合而形成的一种艺术境界，是一幅情景交融、形神结合的具有立体感的艺术画面。这就是马羣的诗词要表现的美，是一种含蓄之美，用意象来表达内在情感，用意境来表现审美趋向。王夫之在《姜斋诗话》中说："无论诗歌与长行文字，俱以意为主。意犹帅也。无帅之兵，谓之乌合。李、杜所以称大家者，无意之诗，十不得一二也。烟云泉石，花鸟苔林，金铺锦帐，寓意则灵。"马羣的诗词寓意深远，善于在景中孕情，以达到情景交融的境界，有许多可圈可点之处，但总体上还是难以突破古人的运思定势和造境范围。

诗路漫漫，但愿马羣不断沉淀自己，多读多写，拓展境界，以独特的艺术魅力和思想力量成就自己的诗和远方！

（原载《朔方评论》2024 年第 1 期）

简　介

　　杨建虎，中国作家协会会员。曾在《诗刊》《人民文学》《人民日报》《文艺报》《青年文学》《十月》《星星》《中国当代文学研究》等报刊发表诗歌、散文、评论多篇。作品多次获奖，入选《诗选刊》《青年文摘》及多种文学选本。出版诗集《闪电中的花园》《致黄河》《时间的秘密花园》，散文集《时光书》，散文诗集《塞上书》等。